Alex Schwarz

Die Reise der Steine

Bibliographische Information der
Deutschen Nationalbibliothek
Die Deutsche Nationalbibliothek verzeichnet diese Publikation in der Deutschen Nationalbibliographie; detaillierte bibliographische Daten sind im Internet über http://dnb.dnb.de abrufbar.

Herstellung und Verlag:
BoD – Books on Demand, Norderstedt

Coverbild: © OLIVER-stockphoto/
HAKKI ARSLAN/Shutterstock.com

www.lektorat-luchsaugen.de

ISBN: 9783743138414

Alex Schwarz

Die Reise der Steine

Die Sonne schien ins Wohnzimmer der Familie Stein, genau auf das gemütliche Sofa. Tom und Ellen wurden wach. „Sind wir hier eingeschlafen?“, fragte Ellen ihren Mann.

„Ja, scheint so. Ich hatte irgendwie einen merkwürdigen Traum, aber ich erinnere mich nicht.“

„Mir ist, als hätte ich drei Tage durchgeschlafen“, antwortete Ellen.

Norman – so hieß der Sohn von Tom und Ellen – war gerade neun Jahre alt. Er spielte bei seinem Freund Stefan Berger, nur zwei Straßen weiter. Zum Abendbrot um 18:00 Uhr sollte er wieder zu Hause sein.

„Oh, schau mal: Es ist schon halb sieben, wo bleibt denn Norman?“

„Ich rufe kurz bei Stefans Eltern an und frage, ob er noch da ist. Vielleicht ist er ja auch schon auf dem Weg nach Hause.“ Tom nahm sein Handy und wollte die Nummer von Bergers raussuchen, aber der Akku war leer. „Na, dann mal ans Ladegerät damit, ich nehme das Festnetz.“ Er wählte die Nummer, aber es kam gar kein Freizeichen. „Na toll, Handy leer und Festnetz funktioniert auch nicht. Ich fahr einfach schnell rüber und hole Norman ab. Die Zwei haben sicher wieder beim Fußballspielen die Zeit vergessen.“

„Ich fahre mit. Oder soll ich lieber hier warten, falls er doch gerade kommt?“, fragte Ellen.

„Nein, fahr‘ lieber mit. Wir werden ihn schon treffen, falls er unterwegs ist. Von mir aus können wir dann in der neuen Eisdiele noch schnell ein Eis essen vor dem Abendbrot, es sind ja Ferien.“

Es gab eine kleine Eisdiele am Rand des Dorfes, direkt neben dem Lebensmittelladen, in dem man auch alle möglichen Haushaltswaren kaufen konnte. Hier ging jeder aus dem Dorf gerne hin. Man traf eigentlich immer jemanden, den man kannte.

Galdorf hatte nur ungefähr achthundert Einwohner. Für größere Besorgungen fuhr man einen Kilometer weiter, nach Enbach. Eine kleine Stadt, in der es fast alles gab, was man so brauchte: einen Baumarkt, eine Bahnstation und sogar ein kleines Schwimmbad mit zwei Becken.

In der Polizeistation arbeiteten sechs Polizisten, die die umliegenden Dörfer genau kannten. Und auch sie selber waren bei vielen Einwohnern bekannt und gern gesehen. Wenn es einen Zwischenfall gab, waren sie sofort zur Stelle und konnten meistens alles schnell und freundlich regeln.

Tom nahm sein Handy wieder von der Ladestation und ging mit Ellen durch den Flur zur Tür, die direkt in die Garage führte. Sie stiegen ins Auto und fuhren los, nachdem Tom das Handy am Ladekabel angeschlossen hatte. Die Bergers wohnten nur ungefähr achthundert Meter weiter um zwei Ecken.

„Och ne, schau mal bei den Schmitzens! Haben die schon wieder ein neues Auto? Die haben ja immer das allerneueste Modell. Sieht ja ganz schön futuristisch aus! Was ist denn das für eine Marke?“, fragte Ellen.

„Bestimmt ein Japaner. Deutsche Autos sehen nicht so aus. Der Mann ist doch irgendwas in der Politik, der verdient ohne Ende. Obwohl, ob er es verdient, weiß ich nicht genau, aber er bekommt jede Menge“, sagte Tom mit einem Lachen.

„Du, Tom, irgendwie ist das seltsam. Sind wir wirklich schon wach? Schau mal bei Frau Schwab im Garten, da steht ein riesiger Baum und alles ist zugewachsen. Die hat doch immer so akribisch ihre Hecke geschnitten und nur so kleine Pflanzen gehabt. Wie kann man denn plötzlich so einen großen Baum in den Garten setzen?“

„Weiß ich auch nicht, die ist so oder so ein bisschen komisch.“

Tom und Ellen parkten vor dem Haus von Familie Berger. Tom stieg aus, ging zur Tür und klingelte. Zu seinem Erstaunen öffnete eine junge Frau, ungefähr Mitte zwanzig, und nicht Stefans Mutter, die deutlich über dreißig war. „Äh, hallo, ich wollte Norman abholen, oder ist er noch mit Stefan auf dem Fußballplatz?“
„Entschuldigen Sie, hier wohnt kein Stefan“, antwortete die Frau verwundert.
„Ja, was ist das denn für ein Quatsch, habe ich mich im Haus geirrt?“, fragte Tom verunsichert und schaute sich um. „Hier wohnt doch Familie Berger, oder etwa nicht?“
„Oh, nein, mein Nachname ist Winkel, wir wohnen schon länger hier und mein Mann heißt nicht Norman.“
„Nein, ich wollte auch nicht Ihren Mann holen, sondern unseren Sohn. Der ist erst neun.“
Der jungen Frau erschien die Situation etwas seltsam und sie wollte Tom lieber loswerden. „Bitte entschuldigen Sie, ich habe zu tun. Sie müssen sich in der Adresse vertan haben, ich lebe mit meinem Mann alleine hier und er wird in einer Minute zu Hause sein“, sagte sie, weil sie schon etwas Angst bekam. Sie machte schnell die Tür zu und ließ Tom einfach draußen stehen.
„Das kann doch nicht wahr sein, so eine Frechheit!“ Tom ging zum Auto, in dem Ellen wartete und ihn verwundert ansah, als er ohne Norman zurückkam.
„Ist er doch schon unterwegs und wir haben ihn verpasst?“, fragte Ellen.
„Nein, ich war wohl am falschen Haus. Da wohnen die Bergers nicht. Ich verstehe das gar nicht, ich war mir so sicher. Ich habe Norman doch schon oft genug hier abgesetzt und gesehen, wie er mit Stefan genau da reingegangen ist und wir waren doch auch mal dort eingeladen.“
„Sind sie vielleicht umgezogen oder war es doch das Haus daneben?“, fragte Ellen besorgt.

„Ich weiß auch nicht, aber ich will, dass Norman jetzt zu Hause ist, sonst nichts. Wir fahren schnell noch mal nach Hause und schauen, ob er nun dort ist."
„Und wenn nicht?"
„Dann fahren wir nach Enbach zur Polizei", antwortete Tom ziemlich verunsichert.
„Jetzt mal nicht gleich den Teufel nicht an die Wand! Sicher sitzt Norman vor dem Fernseher und hat sich schon etwas zu essen genommen", beschwichtigte Ellen.
Kaum zu Hause angekommen, bremste Tom ruckartig vor seiner Garage und lief zur Haustür. Hastig fummelte er mit dem Schlüssel herum, aber er bekam die Tür nicht auf. Ellen kam auch aus dem Auto und bemerkte Toms Unruhe.
„Schatz, lass mich mal, du bist ja ganz nervös, du brichst sonst noch den Schlüssel ab."
Aber auch bei Ellen ging der Schlüssel einfach nicht ins Schloss. Und nun war es auch mit ihrer Ruhe vorbei. Irgendetwas störte sie, irgendetwas war ganz und gar nicht richtig. „Tom, hast Du den Blumentopf hier neben die Tür gestellt?"
Tom platzte fast vor Ungeduld und antwortete laut und erregt: „Nein, verdammt, hier ist doch irgendwas faul! Bergers sind weg, Norman ist weg und unser Schlüssel passt nicht mehr auf unsere Tür. Lass uns sofort zur Polizei fahren, bevor es dunkel wird!"
„Du machst mir Angst, Tom. Aber vielleicht hast du Recht. Warte, ich hänge noch schnell einen Zettel an die Tür, falls Norman doch noch kommt. Dann kann er uns anrufen."
Ellen schrieb im Auto schnell eine Nachricht auf ein Notizblöckchen, riss die Seite ab und rannte zur Haustür. Jetzt erst kam sie auf die Idee, ein paar Mal zu klingeln, in der Hoffnung, dass Norman doch schon zu Hause war. Er hatte einen eigenen Haustürschlüssel, den er unter-

wegs immer an einem Lederband um den Hals trug. Aber die Tür öffnete sich nicht und Ellen hörte auch nichts, als sie ihr Ohr an die Tür legte. Sie klemmte den Zettel mit der Nachricht für Norman in den Briefkasten, so dass er sichtbar heraushing.
Kaum saß Ellen wieder im Auto, gab Tom schon Gas und fuhr mit quietschenden Reifen los.

Auf dem Polizeirevier in Enbach nahm Hauptkommissar Felten die beiden in Empfang und hörte sich ihr Anliegen an. „Wir wollten gerade unseren Sohn abholen und die Frau da behauptet, es gäbe dort keine Familie Berger", sprudelte Ellen aufgeregt hervor.

„Moment, langsam, langsam, jetzt alles mal der Reihe nach. Worum geht es hier überhaupt?", fragte Kommissar Felten gemächlich.

Tom legte Ellen eine Hand auf den Arm, um sie zu beruhigen, denn sie war schon ohne zu reden ganz außer Atem. Er atmete tief ein und erzählte in trügerischer Ruhe: „Wir haben unseren Sohn Norman heute Mittag zu seinem Freund Stefan Berger gehen lassen. Der wohnt nur zwei Straßen weiter! Wir sind übrigens aus Galdorf. Und eben wollten wir Norman zum Abendessen abholen, mit dem Auto. Doch als wir bei Bergers geklingelt haben, machte nicht die Mutter von Stefan auf, sondern eine wildfremde Frau, die behauptete, dass es eine Familie Berger dort nicht gäbe. Sie wohnt angeblich schon lange in diesem Haus. Das ist aber Quatsch, wir waren vor Kurzem noch zu Besuch bei den Bergers."

„Moment", unterbrach Kommissar Felten. „Haben Sie sich denn vielleicht in der Straße geirrt oder die falsche Hausnummer erwischt? Und wie alt ist Ihr Sohn? Norman ist sein Name?"

„Nein, nein, wir kennen doch unser Dorf! Es war die richtige Adresse, ganz sicher!", beharrte Tom. „Norman ist erst neun Jahre alt. Er wollte doch nur mit Stefan Berger Fußball spielen."

„Zeigen Sie mir mal bitte Ihre Ausweise?", forderte Felten sie auf.

Tom kramte nervös in seinen Taschen und erzählte dabei weiter: „Wir wohnen im Kirschpfad 13. Mensch,

wo hab ich denn diesen blöden Ausweis? Schatz, hast Du Deinen wenigstens dabei?"
„Ich schau schnell mal in meiner Handtasche, normalerweise habe ich ihn immer dabei", bekräftigte Ellen, wie zur Bestätigung hektisch mit dem Kopf nickend.
„Suchen Sie nur ganz in Ruhe", empfahl Kommissar Felten.
„Hier, hier ist mein Ausweis!" Triumphierend zog Ellen die Kunststoffkarte aus einem fast nicht erkennbaren Nebenfach in ihrer kleinen Handtasche und hielt sie dem Polizeibeamten entgegen.
„Na, das ist aber noch ein altes Ding", merkte Kommissar Felten lächelnd an. „Also Frau Stein, und die Adresse ist noch aktuell? Kirschpfad 13 in Galdorf?"
„Ja, na klar", versicherte Ellen.
„Gut! Und wie heißt der Freund Ihres Sohnes, wie ist seine Adresse? Wir können ja mal einen Streifenwagen hinschicken und schauen, ob Ihr Sohn vielleicht noch da ist."
In diesem Moment klingelte das Telefon. Ein Kollege von Kommissar Felten, der die ganze Zeit etwas weiter hinten im Raum gesessen hatte und einen Bericht schrieb, nahm den Hörer ab. „Polizeistation Enbach, Könen, guten Abend!"
Und nach einigen Augenblicken fuhr er fort: „Okay, wo genau?"
Oberkommissar Könen schrieb etwas auf und sagte förmlich: „Gut, wir schicken jemanden rüber. Das dauert nur ein paar Minuten, die Kollegen müssten ganz in der Nähe sein. Wiederhören!"
Er drehte sich zu Kommissar Felten und fragte: „Entschuldige, Toni, aber wie lange haben Ben und Kai heute Schicht? Da ist ein Unfall an der Kreuzung beim Brauhaus passiert."

„Was Großes? Soll ich hinfahren?“, fragte Kommissar Felten.
„Nein, nur Blechschaden, kein Personenschaden, keine Verletzten. Deswegen wollte ich Ben und Kai hinschicken, die können das ja aufnehmen.“
„Na gut, mach das, die müssen noch zwei Stunden heute“, antwortete Kommissar Felten und schaute auf seine Uhr.
Dann wandte sich Kommissar Felten wieder Tom und Ellen zu. „So, hier haben Sie erstmal Ihren Ausweis wieder zurück.“ Er wollte ihn gerade über die Theke reichen, die den Raum vom Eingangsbereich abtrennte, stutzte jedoch plötzlich. „Moment kurz, geben Sie noch mal her, bitte!“
Kommissar Felten nahm den Ausweis und schaute ihn kritisch prüfend von beiden Seiten ganz genau an. „Der ist ja seit einer Ewigkeit abgelaufen, den sollten Sie aber mal schleunigst neu beantragen! Das kam mir eben schon komisch vor. Ich hatte lange nicht mehr so ein altes Exemplar in den Händen.“
Ellen wunderte sich. „Abgelaufen? Nein, das kann gar nicht sein!“
„Doch, schauen Sie mal, fast achtzehn Jahre – um genau zu sein“, brachte Kommissar Felten mit Nachdruck hervor.
„Das ist doch nicht möglich, der muss noch gültig sein“, antwortete Ellen erschrocken. „Aber eigentlich ist mir das jetzt auch ziemlich egal! Wir wollen nur wissen, wo unser Sohn ist. Bitte kümmern Sie sich darum!“, flehte Ellen.
„Ja, ja, natürlich! Aber unsere Kollegen sind ja nun allerdings gerade zu diesem Verkehrsunfall unterwegs und das kann sicher noch einige Zeit dauern. Wissen Sie denn vielleicht die Telefonnummer vom Freund Ihres Sohnes“, erkundigte sich Kommissar Felten.

„Ach herrje, hast Du die im Kopf, Tom?“
„Nein, leider nicht. Wir rufen ja normalerweise nicht da an, nur unser Sohn“, bedauerte Tom.
„Na, dann suchen wir sie eben schnell raus und rufen dort einfach mal an. Sicher klärt sich dann alles schnell auf und vielleicht wartet Ihr Sohn ja schon zu Hause auf Sie“, sagte Kommissar Felten beruhigend und an seinen Kollegen Könen gewandt: „Jens, suchst Du mal gerade die Nummer von ... wie hießen die noch gleich?“
„Berger in Galdorf, äh, Rosenweg 17“, antwortete Tom schnell.
„Danke, also Berger in Galdorf, Rosenweg 17“, rief Kommissar Felten seinem Kollegen zu, der sofort den Namen eintippte.
„Hmmh“, hörte man ihn murmeln, dann tippte er weiter. „Ist nicht zu finden! Der Name ist in der ganzen Gemeinde nicht vertreten.“
Könen klapperte weiter auf der Tastatur. „Unter der Adresse finde ich nur eine Frau Winkel. Soll ich die Telefonnummer mal ...“
Aber Kommissar Felten unterbrach ihn. „Danke, danke, Jens, aber ich glaube, das bringt uns jetzt auch nicht weiter.“
Ellen wurde immer ungeduldiger. „Bitte, Herr Kommissar, da ist doch was faul mit dieser Frau! Das kann einfach nicht sein! Die Bergers wohnen da schon, seit sie das Haus gebaut haben.“
„Ich kann Ihre Unruhe ja verstehen, aber möchten Sie nicht doch erst mal nach Hause fahren und nachsehen, ob Ihr Sohn inzwischen nicht schon längst wieder da ist und auf Sie wartet?“, fragte Kommissar Felten und schaute sie unverwandt an.
„Was meinst Du denn, Tom?“, fragte Ellen ihren Mann mit großen Augen.

Tom überlegte kurz und nickte dann: „Ja, machen wir, das wird wohl das Beste sein."
„Oder möchten Sie vielleicht mal bei sich zu Hause anrufen? Haben Sie Ihr Handy dabei oder möchten Sie von hier aus anrufen?", schlug Kommissar Felten vor.
„Oh ja, das ist eine gute Idee", antwortete Tom erleichtert. „Ich habe mein Handy dabei, ich probiere das mal!"
Tom wählte seine eigene Festnetznummer, aber er kam nicht durch. Er versuchte es noch einmal.
„Mann, Mann, was ist das denn jetzt, kein Netz oder was?", fluchte er vor sich hin. Dann gab er seufzend auf. „Darf ich doch Ihr Telefon mal kurz nehmen?"
„Aber klar doch!" Kommissar Felten gab ihm ein Festnetzgerät.
Tom wählte erneut die Nummer von zu Hause und wartete einen Moment. „Oh Mann, jetzt hab ich mich in der Aufregung verwählt! Noch mal!"
Er wählte wieder. Und wieder hörte er die gleiche Ansage wie zuvor. „Die von Ihnen gewählte Rufnummer ist zur Zeit nicht vergeben", sagte eine freundliche Stimme und dann wurde die Ansage mit einem kurzen Piepton beendet.
„Ach, Mensch, das gibt es doch gar nicht! Heute funktioniert aber gar nichts! Verdammt ... Entschuldigung."
Tom gab dem Kommissar das Telefon widerstrebend zurück. Er wirkte völlig unentschlossen. Dann gab er sich einen Ruck: „Also, am besten wir fahren jetzt wirklich erst mal schnell nach Hause und schauen", sagte er dann betont optimistisch zu Ellen und Kommissar Felten. „Und wenn Norman dann immer noch nicht da ist, kommen wir sofort wieder hierher zurück."
„Ja, machen Sie das so! Ich gebe Ihnen noch unsere Telefonnummer, damit erreichen Sie uns direkt, falls etwas sein sollte. Und wenn Ihr Sohn zu Hause ist, lassen

Sie es mich bitte auch wissen", drängte Kommissar Felten und streckte Tom seine Visitenkarte entgegen.
„Vielen Dank erst mal", sagte Ellen, aber in ihrer Stimme schwang Besorgnis. „Dann hoffen wir, dass Norman doch schon zu Hause ist und auf uns wartet. Sicher sitzt er vor dem Fernseher und guckt sich etwas an, was er sonst nicht darf", sagte sie mit einem angestrengten Lächeln.
Tom und Ellen hatten sich gerade umgedreht und gingen zu der schweren gläsernen Tür am Ausgang, da sprang plötzlich Könen auf und rief: „Moment noch, warten Sie! Wie war doch gleich Ihr Name?"
Ellen erschrak: „Stein", antwortete sie und wurde noch blasser. „Wissen Sie doch etwas über Norman?"
„Bitte warten Sie noch einen kleinen Augenblick! Ich hab' da gerade..." Könen fing an, hastig etwas in seine Tastatur einzugeben. Dann riss er die Augen weit auf und starrte auf den Monitor. Schließlich blickte er kurz zu Tom und Ellen und dann wieder auf den Bildschirm. Schließlich gewann er seine Fassung wieder. „Bitte setzen Sie sich doch noch einen kleinen Moment!"
Tom und Ellen schauten sich fragend an, aber ließen sich ohne Worte auf die kalten Metallstühle nieder, die neben dem Eingang im Boden verschraubt waren. Könen zog Kommissar Felten zur Seite und fing an zu tuscheln. Wild fuchtelte er mit seinen Händen und zeigte mehrmals auf den Monitor seines Computers. Kommissar Felten unterbrach ihn ein paar Mal. Obwohl sie unerklärbar aufgeregt zu sein schienen, versuchten sie sehr leise zu sprechen. Schließlich hielt es Tom nicht mehr auf seinem Stuhl. Beunruhigt stand er auf, ging an die Theke und fragte: „Stimmt etwas nicht? Steht da etwas über Norman?" Seine Stimme zitterte.
„Geben Sie mir bitte noch einmal Ihren Ausweis!", forderte Kommissar Felten Ellen auf.

Aber nun hatte auch Tom plötzlich mit einem Griff seinen Ausweis in der Innentasche seiner Jacke gefunden. „Na, bitte schön, da ist er ja!", rief er triumphierend und reichte ihn an Felten weiter.
„Danke schön, Herr Stein." Kommissar Felten und Könen gingen mit dem Ausweis hinüber zum Schreibtisch. Immer wieder starrten sie auf das Passbild und zurück auf den Monitor. Dann flüsterten sie wieder etwas und sahen sich ratlos an.
„Guck mal, der ist doch auch schon siebzehn Jahre abgelaufen", konnte Tom plötzlich heraushören. Kommissar Felten straffte die Schultern und ging energisch auf Tom zu. „Hören Sie, wir werden jetzt einen ehemaligen Kollegen anrufen, der bei Ihnen im Dorf gewohnt hat. Vielleicht kann er uns weiterbringen. Er ist zwar schon in Pension, aber er hilft immer gern, wo er nur kann."
Tom wirkte nun vollends unsicher. „Was ist denn jetzt los? Sie behandeln uns wie Verbrecher! Ich sage es noch einmal: Wir wollen nur unseren Sohn wiederhaben, das ist wirklich alles!"
„Entschuldigen Sie, Herr Stein, aber es ist schon etwas eigenartig, dass Ihre Ausweise seit siebzehn und achtzehn Jahren abgelaufen sind. Wir prüfen gerade, ob es sich hier um einen Fehler handelt", sagte Kommissar Felten, aber er dachte dabei sichtlich etwas ganz anderes.
„Das muss ein Fehler sein", entgegnete Tom in schroffem Ton. „Jetzt beeilen Sie sich doch! Es wird schon langsam dunkel draußen, wir möchten nun endlich unsern Sohn wiederfinden!"
„Natürlich, ich verstehe Sie ja, aber haben Sie nur noch ein paar Minuten Geduld, wir tun alles, was uns möglich ist, um Ihnen zu helfen", versuchte Kommissar Felten beruhigend auf sie einzureden.

Sichtlich genervt setzte sich Tom wieder neben Ellen. Könen telefonierte inzwischen schon und nickte seinem Kollegen Felten bejahend zu. Als er auflegte, sagte er nur: „Er ist auf dem Weg."
Nun stand Ellen auf. „Okay, ich möchte jetzt sofort wissen, was hier los ist! Kümmern Sie sich lieber um die Suche unseres Sohnes, deswegen sind wir ja schließlich hier! Die Pässe können wir doch immer noch verlängern lassen!"
Geduldig mahnte Kommissar Felten mit ruhiger Stimme: „Bitte, nehmen Sie wieder Platz! Haben Sie nur noch zwei Minuten Geduld. Gleich kommt unser ehemaliger Kollege Dirk Sternal. Das war damals unser Erster Hauptkommissar. Er wird sich Ihrer annehmen und gleichzeitig schicken wir jemanden zu der Adresse des Freundes Ihres Sohnes."

In diesem Moment ging die Tür auf und zwei uniformierte Polizisten kamen hereingepoltert. „Na, das war vielleicht ein Unfall! Eine alte Frau ist bei Rot über die Ampel gefahren und hat ein Chaos verursacht. Und die hat noch nicht mal verstanden, was sie falsch gemacht hat. Wir haben ihr vorläufig die Fahrerlaubnis ..."
Schnell unterbrach Könen seinen Kollegen: „Entschuldige, Ben, vergiss für´s Erste diesen Unfall! Den Bericht kannst Du später schreiben. Ihr zwei müsst nämlich sofort wieder los, und zwar nach Galdorf in den Rosenweg, Hausnummer 17. Hier, ich habe es Euch aufgeschrieben. Diese Leute vermissen ihren neunjährigen Sohn. Er ist dort heute Mittag zum Spielen hingegangen und nun ist er verschwunden. Schaut mal, ob Ihr ihn findet. Falls er nicht dort ist, fahrt Ihr in den Kirschpfad 13, dort wohnt er, steht alles auf dem Zettel. Bitte, beeilt euch, die Eltern machen sich große Sorgen. Den Unfallbericht machen wir später zusammen, das reicht auch morgen."
Ben nickte und hatte schon wieder die Türklinke in der Hand. „Alles klar, sind schon unterwegs."
„Hey, Ihr dürft mit Blaulicht fahren, für diesen Einsatz habt Ihr Sonderrecht", rief Kommissar Felten noch.
„Gut, los geht's, Kai!" Kai war Polizeianwärter und fuhr meistens mit Ben auf Streife. Schnell machten die zwei sich wieder auf den Weg und schon kurz danach hörte man in einiger Entfernung die Polizeisirene.
„Danke und Entschuldigung, dass ich eben so laut geworden bin", nuschelte Ellen mit gesenktem Kopf.
„Kein Problem, völlig verständlich! Es ist ja klar, dass Sie beunruhigt und besorgt sind. Das ist ja auch alles etwas ungewöhnlich. Aber wie gesagt, wir werden alles tun, um Ihnen zu helfen", beschwichtigte Felten und nur einen Moment später klingelte es wieder und Könen

betätigte den Türöffner. Kommissar Felten erklärte Tom und Ellen: „Nur die Kollegen können die Tür von außen automatisch öffnen, aber das da wird unser erwarteter Kollege Sternal sein.“
Und so war es auch. Der ehemalige Erste Hauptkommissar Sternal kam herein, sah Tom und Ellen im Vorbeigehen kurz an und ging direkt links herum durch eine weitere Tür, die hinter die Theke führte. An der Tür hing ein Schild mit der Aufschrift „Nur für Personal.“ Kommissar Felten und Könen begrüßten ihn und verschwanden sofort in einem der beiden angrenzenden Büros.
Dort begann Kommissar Felten zu erzählen. „Dirk, lach mich nicht aus. Das ist alles total seltsam. Ich weiß nur, dass Du früher diesen Fall bearbeitet hast. Du wirst Dich erinnern! Da war doch mal dieses Paar aus Galdorf, das plötzlich verschwunden ist und nie wieder gesehen wurde. Ich habe es vorhin noch mal schnell nachgelesen.“

Währenddessen saßen Tom und Ellen immer noch neugierig, aber ungeduldig im Vorraum neben der Eingangstür auf den unbequemen neumodischen Metallstühlen. Tom stand manchmal auf, ging ein paar Meter hin und her, setzte sich wieder und schaute seine Frau fragend an.
Im Büro nebenan suchten inzwischen Könen und sein ehemaliger Kollege Sternal eine alte Akte aus dem Archivspeicher. Dort war die ganze Sache genau dokumentiert. „Naja, viel brauchen wir hier ja nicht zu lesen. Die zwei waren plötzlich weg und haben ihren Sohn einfach bei seinem Freund gelassen. Der arme Junge, ich erinnere mich noch ziemlich gut. Es war eine harte Zeit für ihn. Ich glaube, er war erst neun damals ... und Ihr meint, die zwei da draußen, das sollen seine Eltern sein? Jetzt kommen die plötzlich hier an und fragen nach ihrem Sohn, so als wäre nichts gewesen?“, Sternal konnte es noch nicht so ganz glauben.
„Ja, aber die tun so, als wären sie überhaupt nicht weg gewesen. Ich weiß nicht so recht, was die uns hier vorspielen wollen.“
„Mach bitte noch mal das alte Fahndungsfoto auf!“
Sternal, Kommissar Felten und sein Kollege Könen betrachteten die Bilder. „Ja, ich erinnere mich genau, obwohl das so um die zwanzig Jahre her sein muss.“
„Die müssen irgendwo untergetaucht sein, sogar ihre Ausweise sind fast zwanzig Jahre abgelaufen. Das hätte doch irgendwo mal auffallen müssen“, antwortete Kommissar Felten aufgeregt.
„Sag mal, das alte Auto da draußen, ist das von denen?“
„Ja, damit sind sie hergekommen.“
„Junge, das kann doch nicht wahr sein, dass die zwanzig Jahre lang in der Gegend rumgondeln oder sich verstecken, nie gesehen oder gefunden werden, nie ihre Ausweise verlängern lassen und scheinbar auch nie ihre

Kreditkarte verwendet haben. Das schafft doch gar niemand."
„Vielleicht ja irgendwo im Ausland?", vermutete Könen.
„Ja, aber warum das Ganze? Warum kommen die denn jetzt plötzlich hier her und tun so, als wäre nichts gewesen? Moment, Mooomeeent. Ich habe die doch gerade im Vorbeigehen gesehen. Jetzt schaut Euch noch mal das Fahndungsfoto an! Da ist doch was oberfaul! Das muss doch jemand manipuliert haben. Die sehen genau so aus wie auf dem Foto, aber das ist schon ... schau mal auf das Datum: Morgen ist es genau zwanzig Jahre her, als die Vermisstenanzeige gestellt wurde!"
Kommissar Felten schüttelte den Kopf. „Tatsächlich, ich komm' da nicht ganz mit, das muss doch ein Fake sein, da will uns jemand ganz gehörig betrügen. Hat es vielleicht mit einem Erbe zu tun?"
Sternal stand auf. „Ich werde mit ihnen reden! Wir werden schon rausfinden, was die mit uns hier treiben."
Sternal ging in den Vorraum. „Guten Abend, Frau Stein, guten Abend, Herr Stein. Mein Name ist Dirk Sternal, ich war früher hier Erster Hauptkommissar auf der Wache. Bitte folgen Sie mir doch in mein altes Büro."
Tom, Ellen und Sternal gingen in das Büro. Könen und Kommissar Felten waren wieder an ihre eigenen Plätze zurückgekehrt und grübelten über die Sache nach, kamen aber zu keinem Ergebnis.
Im Büro setzten sich alle hin und Sternal fing an zu erzählen. „Hier habe ich fast fünfunddreißig Jahre gearbeitet. Ihre Gesichter sind mir nicht ganz unbekannt!"
Tom und Ellen sahen sich erschrocken an. „Aber wir haben uns nie etwas zu Schulden kommen lassen", entgegnete Ellen sofort mit entschlossener Stimme.
„Nein, aber bitte sagen Sie mir, wohin Sie vor zwanzig Jahren plötzlich abgetaucht sind und warum Sie gerade

jetzt, genau nach zwanzig Jahren, wiederkommen und uns so eine Geschichte auftischen?"
„Was für eine Geschichte, was für zwanzig Jahre?", fragte Tom sichtlich aufgeregt.
„Was soll denn das jetzt? Vor zwanzig Jahren habe ich noch mit meinen Eltern in Wegenhausen gewohnt." Ellen war empört.
Sternal aber stocherte weiter. „Okay, okay, aber es ist schon etwas seltsam, dass Ihre Ausweise siebzehn und achtzehn Jahre abgelaufen sind und Sie immer noch genau so aussehen, wie auf dem damaligen Original-Fahndungsfoto."
„Fahndungsfoto?", rief Ellen erschrocken. „Wir haben doch nie etwas falsch gemacht, noch nicht mal falsch geparkt."
Tom stand abrupt auf und schaute sich suchend um. Er tastete alle Ecken des Büros mit seinen Blicken ab und fragte dann mit einem verzweifelten Lächeln: „Wo sind die Kameras? Das ist doch „Versteckte Kamera", oder? Sie können jetzt bitte auflösen, es ist genug!"
„Nein, nein, das ist es nicht. Bitte setzen Sie sich doch wieder. Schauen Sie mal!" Sternal drehte den Monitor um. „Sie werden genau morgen seit zwanzig Jahren vermisst. Das ist kein Spaß, ganz und gar nicht!"
Für Ellen war das nun zu viel. Sie brach in Tränen aus. „Ich verstehe überhaupt nichts mehr. Was wird denn hier gespielt? Bitte lassen Sie uns doch zu unserem Sohn. Er ist erst neun, er braucht uns, und zwar jetzt!"
Sternal tippte schnell etwas auf der Tastatur und drehte den Bildschirm zurück in seine Richtung. Einen kurzen Augenblick später hatte Sternal die nötigen Informationen gefunden. „Ihrem Sohn geht es gut! Er lehrt an der Staatlichen Universität in Welkina, nicht weit von hier. Er ist ein hochbegabter Quantenphysiker, einer der

jüngsten Professoren der Welt. Er ist neunundzwanzig Jahre alt und hat mehr Titel erlangt als ich Sterne hatte."
Sternal drehte den Monitor wieder zu Tom und Ellen und zeigte ihnen ein Bild von Professor Norman Stein. Im Hintergrund sah man riesige Computer und allerlei wissenschaftliche Geräte. Ellen und Tom waren stumm vor Staunen.
Sternal erzählte schnell weiter. „Er sollte sogar schon für den Nobelpreis nominiert werden, doch man fand, er sei noch zu jung, um auf diesem Gebiet eine solche Auszeichnung zu erhalten. Aber das kommt sicher noch."
Ellen fiel Tom hilfesuchend in die Arme. Beide waren völlig ratlos. Tränen flossen. Sie konnten das alles einfach nicht wahrhaben.
Tom holte tief Luft und versuchte es von Neuem: „Hören Sie, bitte! Heute Mittag ist unser neunjähriger Norman zu seinem Freund gegangen, nur zwei Straßen weiter. Zum Fußball spielen. Wir wollten ihn vorhin abholen und da öffnete eine wildfremde Frau die Tür und behauptete, dass die Familie Berger dort nicht mehr wohnt. Und nun reden Sie vom Nobelpreis! Was soll denn das?"
Sternal versuchte, ganz ruhig zu bleiben, aber er wurde energisch. „Jetzt hören Sie mir mal gut zu! Ich war damals betraut mit dem Fall. Es war eine verdammt harte Zeit für mich, denn auch ich habe Kinder, inzwischen schon einen Enkel. Ein Neunjähriger hat seine Eltern als vermisst gemeldet. Sie waren einfach spurlos verschwunden."
Sternals Stimme wurde noch eindringlicher. „Ich weiß nicht, wo Sie waren oder was Sie gemacht haben in den letzten zwanzig Jahren und – ehrlich gesagt – bin ich inzwischen auch ziemlich verwirrt. Sie bringen alles wirklich erstaunlich glaubwürdig rüber! Was mich aber

am allermeisten irritiert, ist das alte Fahndungsfoto. Sie haben sich überhaupt nicht verändert! Sie sehen noch haargenau so aus wie auf diesem zwanzig Jahre alten Foto. Ich habe auch erst gedacht, meine Kollegen wollten mir alten Herrn einen Streich spielen, aber es scheint doch alles etwas komplizierter zu sein. Und sehr ernst noch dazu, wenn hier nicht eine ganz blöde Verwechselung vorliegt. Fakt ist: Norman Stein ist heute neunundzwanzig Jahre alt und Sie waren zwanzig Jahre verschwunden. Aber Sie sehen nicht zwanzig Jahre älter aus. Ich weiß immer noch nicht, was ich davon halten soll. Will uns vielleicht jemand alle zusammen veräppeln, oder was ist das für ein Quatsch?"

„Bitte, wir wollen doch nur unseren Sohn zurück", jammerte Ellen kraftlos, während Tom regungslos dasaß und einfach nicht mehr weiter wusste.

Jetzt wurde Sternal laut: „Ja und der wollte vor zwanzig Jahren seine Eltern zurück, vor zwanzig Jahren! Und er konnte nicht begreifen, warum Sie ihn einfach verlassen haben. Wo zum Teufel waren Sie?"

„Wir waren nie weg!", schrie Tom auf. „Wir würden ihn nie verlassen! Wir haben höchstens eine Stunde geschlafen und wollten Norman jetzt von seinem Freund abholen!"

Sternal stand auf. „Okay, das reicht jetzt. Wir wollen uns alle wieder beruhigen. Das bringt ja nichts. Wir sollten besser gemeinsam überlegen, wie wir weiter vorgehen. Immerhin waren Sie ja nicht zwanzig Jahre eingefroren! Wir müssen unbedingt herausfinden, was wirklich passiert ist. Also, wenn Sie wirklich Herr und Frau Stein sind, wovon ich ausgehe, allein schon weil Sie genauso aussehen wie auf den alten Fotos und Sie haben ja auch Ihre alten Ausweise ... oder haben Sie die vielleicht gestohlen?"

Tom sprang auf, dass der Stuhl an die Wand krachte. „Es reicht jetzt wirklich! Das sind unsere Ausweise und die sind auch noch nicht abgelaufen, wie Sie behaupten. Die sind noch mindestens bis 2018 oder so gültig!“
Sternal antwortete behutsam: „Entschuldigen Sie, aber das war vor achtzehn Jahren! Wir haben heute den 23. Juli 2036!“

Tom fiel wieder auf seinen Stuhl zurück und war für einen Moment sprachlos. Dann stammelte er: „Das kann nicht sein, das, das ... kann doch nicht sein!“ Pures Entsetzen war ihm ins Gesicht geschrieben.
Ellen schaute ihn mit aufgerissenen Augen an. Der Schock ließ sie erstarren. „Ich verstehe gar nichts mehr“, brachte sie heiser krächzend hervor.
Sternal empfand plötzlich Mitleid. „Passen Sie mal auf, wir werden nun zusammen zu Ihrem Haus fahren und versuchen herauszufinden, was eigentlich passiert ist. Vielleicht finden wir ja dort irgendwelche Hinweise oder sogar die Lösung. Sollen wir das machen?“ Tom und Ellen nickten tonlos.
Sternal sagte kurz Kommissar Felten und Könen Bescheid. „Wir fahren jetzt nach Galdorf. Vielleicht gibt es dort irgendetwas, das uns weiterhilft. Bitte ruft nur kurz meine Frau an und sagt ihr, dass es heute später wird, ich möchte sofort los mit den Steins.“
„Ja, mach‘ ich. Und viel Glück! Und danke auch, dass Du so schnell hier warst. Sag Bescheid, wenn Du uns brauchst. Vielleicht triffst Du auch Ben und den neuen Azubi Kai. Ich hatte die beiden nämlich schon dorthin geschickt, um nach dem Rechten zu sehen.“
Sternal ging mit Tom und Ellen zu seinem Auto. Die Türverriegelung öffnete sich automatisch. Tom war fasziniert von dem futuristischen Design. Für einen kurzen Augenblick vergaß er sogar seinen Sohn Norman und schaute sich den Wagen von innen genauestens an. Viele kleine beleuchtete Zeichen, kein Schaltknüppel, keine Tachonadel, wie er es aus seinem eigenen Auto kannte. Alles war digital und es wimmelte nur so von Symbolen und Lämpchen. Der Motor war nicht zu hören, nur ein leises Surren beim Losfahren.
Ellen saß nachdenklich auf dem Rücksitz. Tom war so damit beschäftigt, die Instrumente während der Fahrt zu

studieren, dass er gar nicht merkte, dass sie schon in Galdorf angekommen waren.
Sternal hielt vor dem Haus, in dem Tom und Ellen gewohnt hatten. „So, dann schauen wir mal nach“, sagte er erwartungsvoll. Tom kramte seinen Haustürschlüssel aus der Hosentasche, obwohl er wusste, dass er nicht passen würde. Er versuchte es aber trotzdem und Sternal schaute ihm kritisch dabei zu.
Dann nahm Sternal seine Taschenlampe und leuchtete durch ein Fenster ins Haus, nachdem er das Rollo etwas angehoben hatte.
Tom kam sofort neugierig dazu und konnte nicht glauben, was er dort sah: Das Sofa, auf dem sie vorhin noch geschlafen hatten, war mit weißen Laken bedeckt. Ebenso die Sessel und auch andere Möbelstücke waren völlig verhüllt.
„Das kann doch gar nicht sein! Ich glaube allmählich, wir sind noch gar nicht wach und träumen das alles hier nur. Bitte wecken Sie mich auf. Ich mag diesen seltsamen Traum nicht“, philosophierte Tom verstört.
Ellen versuchte derweil durch den Briefkastenschlitz etwas zu sehen, aber es war leider zu dunkel.
Sternal sah Tom fragend an. Er konnte ihm nicht helfen. Dann ging er einmal um das Haus herum und konnte nichts Verdächtiges entdecken, außer dass das Haus sehr unbewohnt aussah. Das ließ jedenfalls der scheinbar seit langem unbearbeitete Garten vermuten.
Für Sternal war die Sache glasklar: Hier hatte die letzten zwanzig Jahre niemand mehr Hand angelegt und ganz sicher niemand gewohnt. Er überlegte, wie er nun weiter vorgehen könnte. Er musste die beiden für die Nacht in irgendeinem Hotel unterbringen. Ins Haus konnten sie jedenfalls nicht so einfach zurück. Die Wahl fiel nicht schwer. In dieser Gegend gab es nur ein Hotel, und das war in Enbach.

„Herr Stein, Frau Stein, haben Sie etwas Geld dabei? Oder eine Kreditkarte? Ach nein, das geht ja auch nicht, die wird schon lange abgelaufen sein“, korrigierte er sich selbst. „Also brauchen Sie erstmal Bargeld. Ich werde Sie in ein Hotel bringen und morgen früh schauen wir weiter. Ich spreche gleich noch mit den Kollegen, ob sie etwas rausfinden konnten, aber Sie sollten erst mal eine Bleibe für heute Nacht finden und ich hoffe, dass Sie morgen noch da sind!“, sagte Sternal mit mahnender Stimme.

Tom und Ellen willigten müde ein und ließen sich von Sternal zum Hotel fahren. Ihr Auto blieb an der Polizeiwache stehen. Das war für Sternal auch eine kleine Sicherheit, dass die beiden nicht wieder verschwinden konnten. Da die Ausweise von Tom und Ellen so lange abgelaufen waren, kam Sternal noch mit ins Hotel und regelte alles für sie, auch die Bezahlung.

Um neun Uhr am nächsten Morgen sollten sie sich wieder treffen. Die Nacht im Hotel war ruhig, aber Ellen konnte lange nicht einschlafen. Ständig grübelte sie über Norman und die seltsamen Dinge, die an diesem Tag geschehen waren. Sie konnte es einfach nicht fassen, was das alles zu bedeuten hatte und fand keine Lösung.

Auch Tom war natürlich unruhig. „Sollen wir den Fernseher anschalten, Schatz?“

„Lieber nicht, Tom, ich habe schon genug zu verarbeiten. Ich bin froh, wenn ich mal einen klaren Gedanken fassen kann. Die ganze Zeit schwirren diese Bilder in meinem Kopf rum. Fahndungsfoto! Als ob wir Verbrecher wären. Als ob wir Norman einfach allein lassen würden! Wo mag er nur sein?“

„Du hast ja Recht. Fernsehen ist keine gute Idee. Noch mehr Neuigkeiten und wir schlafen gar nicht mehr ein. Morgen wird sicherlich noch genug auf uns zukommen. Komm, wir versuchen, ein bisschen zu schlafen. Gute

Nacht, Schatz. Versuch' an etwas Schönes zu denken und etwas Gutes zu träumen. Heute finden wir keine Erklärung mehr, aber morgen klärt sich sicher alles auf."
Tom und Ellen waren so erschöpft, dass sie es wider Erwarten schafften, in kürzester Zeit in tiefen Schlaf zu sinken. Sie wurden erst wieder wach, als der Weckdienst sie am Morgen aus dem Schlaf riss.
Beim gemeinsamen Frühstück redeten sie nicht viel. Jeder hing seinen Gedanken nach.

Sternal holte sie pünktlich um neun Uhr ab.
„Wir sollten zuerst zu Ihrer Bank fahren, damit Sie etwas Bargeld holen können für die nächsten Tage. Danach starten wir die Suche nach Ihrem Sohn, in Ordnung?"
Tom und Ellen stimmten dem Vorschlag schweigend zu.
Die Bankfiliale verfügte über vollautomatische Türen. Nachdem sie hineingegangen waren, staunten Tom und Ellen und blieben verwundert stehen. Alles war so ganz anders als sie es kannten. Alles war umgebaut worden. Die Bankangestellten mussten nicht mehr wie früher an einem Schalter hinter einer gepanzerten Glasscheibe arbeiten. Hier war nun ein großer, heller Raum ganz offen gestaltet und mittendrin standen die Mitarbeiter an Stehpulten. Diese waren aus einer gebogenen Glasscheibe – es sah aus wie ein geviertteltes Rohr, das auf einer Edelstahlsäule befestigt ist.
Die freundlich lächelnden Damen tippten auf dem Glas wie auf einer Tastatur, aber von hinten sah es aus wie eine einfache, durchsichtige Glasscheibe. Buchstaben und Zahlen konnte man nur erkennen, wenn man genau davor stand. An einem der Schalter erhaschte Tom einen Blick darauf, dass die Mitarbeiterin einem Kunden eine Geldsumme auf der Rückseite des Glases sichtbar machte. Als der Kunde nickte, verschwand die Zahl und die Scheibe war sofort wieder durchsichtig.
An der Wand hing ein überdimensional großer Bildschirm, der rasch nacheinander Börseninformationen einblendete. Ein paar Männer verweilten davor und schauten interessiert auf die Daten.
Geldautomaten waren hier keine mehr zu finden. An der anderen Seite des Raumes waren nur drei Bürotüren. Früher hatten dort die Automaten für die Kontoauszüge gestanden.
Eine Mitarbeiterin wurde frei und nickte den beiden aufmunternd zu. Tom und Ellen gingen zu ihr.

„Guten Tag, was kann ich für Sie tun, Sie sind Neukunden?“, fragte sie. „Ich habe hier gar keine Kennung von Ihnen.“
Tom überlegte kurz, was sie damit meinen könnte. Das war doch seine Hausbank, bei der er und Ellen schon ewig ihr Konto hatten. Aber natürlich konnte diese Mitarbeiterin ja nicht alle Kunden kennen, sie wirkte auch noch sehr jung. Doch dann fiel Tom der kleine schwarze Punkt in der Mitte des Glasmonitors auf. Das musste eine Kamera sein! Und so war es auch: Die Kamera erkannte jeden Kunden sofort und gab die Informationen auf der Innenseite des Monitors wieder. So konnten die Bankangestellten jeden Kunden mit Namen ansprechen und die Kontodaten wurden automatisch aufgerufen. In diesem Fall bekam die Bankangestellte aber keinerlei Angaben zur Verfügung gestellt. Tom und Ellen waren für den Bankcomputer scheinbar völlig unbekannt.
Tom fing mit seiner Erklärung an: „Also eigentlich sind wir schon sehr lange Kunde hier, wir haben ein Konto und würden gerne etwas Geld abheben.“
Die nette Dame fragte umgehend: „Bargeld oder Zahlkarte aufladen?“
Ellen schaute Tom verwundert an. Auch Tom war unsicher und stotterte. „Zahlkarte? Äh nein, hier ist meine EC-Karte, ich hätte gerne dreihundert Euro Bargeld.“
Die Dame schaute sich die Karte interessiert an und drehte sie drei Mal um. Schließlich hielt sie sie an den rechten Rand des Bildschirms. Es öffneten sich ein paar Daten. „Ooh, das ist aber eine alte Karte“, staunte die Bankangestellte. „Sie waren schon seit geraumer Zeit nicht mehr bei uns. Haben sicher eine andere Bank gefunden. Macht aber nichts, Ihr Geld bleibt Ihr Geld, egal, wie lange es hier liegt.“

Nun tippte sie etwas auf der für Tom und Ellen unsichtbaren Tastatur und plötzlich erschien die Zahl dreihundert auch auf der Rückseite des Glases. Tom nickte. Nach einem Moment gab es ein saugendes Geräusch und an der Edelstahlsäule, auf der das Glas befestigt war, öffnete sich eine kleine Klappe und das Geld schaute hervor.

Die junge Dame zählte es vor und gab es Tom in die Hand. Er war sichtlich verwirrt. „Entschuldigen Sie, ist das die richtige Währung? Das sieht ganz anders aus als ich es kenne."

Lächelnd antwortete die Bankangestellte: „Aber ja, die machen doch fast jedes Jahr neue Scheine. Wegen der Fälscherei. Wenn man mal ein paar Jahre nicht mit Bargeld bezahlt hat, erkennt man sie kaum wieder. Aber das ist schon richtig, das sind die aktuellen Scheine."

Tom und Ellen verabschiedeten sich und gingen verwirrt nach draußen, wo Sternal schon wartete.

Zusammen stiegen sie in sein Auto und Sternal ließ ihnen gar keine Zeit, über das soeben Erlebte zu sprechen, denn er fing umgehend an, ihnen zu berichten: „Also, Frau Stein, Herr Stein, ich habe heute früh schon etwas recherchiert. Ich habe die Adresse von Ihrem Sohn gefunden und auch die Adresse, wo er regelmäßig arbeitet."
Für Tom und Ellen hörte sich das natürlich sehr eigenartig an, denn für sie war ihr Sohn erst neun Jahre alt und hatte mit Arbeiten noch nichts zu tun.
Tom antwortete bemüht ruhig: „Herr Sternal, wir wissen Ihre Hilfe sehr zu schätzen, aber können Sie sich vorstellen, dass wir das alles noch irgendwie nicht richtig glauben können? Wir gehen aus unserem Haus, wollen unseren neunjährigen Sohn abholen und jetzt ist alles anders, von heute auf morgen. Unser Sohn arbeitet, sagen Sie? Es ist uns aufgefallen, dass auch die Stadt sich total verändert hat und es scheint, als hätten wir wirklich, wie auch immer das möglich sein soll, zwanzig Jahre verschlafen. Glauben Sie uns bitte: Wir sind nicht untergetaucht, wir hätten niemals unseren geliebten Sohn einfach alleine gelassen. Wenn das alles so ist, wie Sie sagen, dann fragen wir uns natürlich, wie es unserem Jungen die ganze Zeit ergangen ist, wo hat er gelebt, wer hat ihn denn versorgt?"
„Das konnte ich natürlich leider nicht alles so schnell in Erfahrung bringen, aber wenn Sie möchten, werden wir Ihren Sohn so schnell wie möglich aufsuchen und dann können Sie alles in Ruhe selber mit ihm besprechen. Man könnte Ihnen natürlich auch psychologische Hilfe anbieten, falls Sie das wünschen."
„Nein, das brauchen wir nicht, das wünschen wir nicht!", antwortete Ellen sofort.
„Okay, dann fahre ich Sie jetzt zur Uni. Dort sollte Ihr Sohn zu finden sein. Falls man uns aber nicht zu ihm

lässt, kann ich im Moment nichts daran ändern. Er arbeitet nämlich in einer Hochsicherheitsabteilung, so viel konnte ich immerhin herausfinden. Um ehrlich zu sein, ich wollte ihn auf Ihren Besuch vorbereiten, doch man wollte mich noch nicht einmal telefonisch mit ihm verbinden. Naja, ich bin ja auch kein aktiver Polizeibeamter mehr und wollte meine ehemaligen Kollegen nicht weiter damit behelligen. Uns bleibt also nur die Möglichkeit, es direkt vor Ort zu versuchen. Ich denke, dass man seine Eltern wohl zu ihm lassen wird und er sie empfangen möchte.“

Es war gar nicht weit bis zur Uni. Schon nach ein paar Minuten waren sie am Ziel und fanden überraschend schnell einen Parkplatz. Tom und Ellen waren ausgesprochen aufgeregt. Nun sollten sie ihren Sohn Norman wiedersehen, den sie zwar erst seit etwas mehr als fünfzehn Stunden vermissten, aber er hatte sie angeblich zwanzig Jahre nicht gesehen. Wie sollte man sich in so einer Situation nur verhalten?
Gemeinsam gingen die drei zu der großen, breiten Treppe, die zum Haupteingang führte. Ein majestätisches Gebäude mit einem weitläufigen Innenhof, es mutete wie ein Schloss an. Neben der Eingangstür harrten zwei uniformierte Wachposten aus. Niemand konnte ohne Berechtigung einfach dort hineinspazieren.
Ein Display, das filigran auf einem Metallständer angebracht war, scannte die Handabdrücke der regelmäßigen Besucher und bestätigte die Eintrittsberechtigung. Wer noch nie dort war, musste sich bei den Wachmännern ausweisen und wurde dann in die entsprechende Abteilung weitergeleitet.
Sternal erklärte einem der Wachposten, dass seine Begleiter die Eltern des berühmten Forschers Norman Stein seien und sie ihn dringend besuchen müssten. Als einer der beiden dann die Ausweise kontrollierte, fiel ihm sofort auf, dass sie schon lange abgelaufen waren und wollte ihnen keinen Eintritt gewähren. Doch Sternal ließ nicht locker und bot an, sich mit der Polizeidienststelle in Verbindung zu setzen, um die Richtigkeit der Personalien bestätigen zu lassen.
Während einer der beiden Wachmänner die drei genau im Auge behielt, rief der andere persönlich auf dem Polizeirevier an und stellte ein paar Fragen.
Nach einer Minute etwa redete er kurz mit seinem Kollegen und führte Sternal, Tom und Ellen dann zu

einer Tür am Ende der riesigen Empfangshalle. Dort klopfte er an eine kleinere Tür und fragte nach Norman Stein.

Tom und Ellen lauschten gebannt. Enttäuschung machte sich breit, als sie erfuhren, dass Norman just an diesem Tag gar nicht im Hause war, weil er sich einen Tag Urlaub genommen hatte. So nah am möglichen Ziel, an einer Erklärung, die vielleicht das ganze Rätsel lösen konnte und dann das!

Der Wachmann begleitete die drei umgehend wieder zurück zum Haupteingang und ließ sie hinaus.

Ratlos und mit hängenden Köpfen gingen sie schweigend in Richtung Parkplatz, als Tom plötzlich eine Idee kam: „Aber wenn er doch Urlaub hat, dann wird er vielleicht in seinem neuen Zuhause sein. Können wir nicht dahin fahren?"

Sternal ärgerte sich über sich selbst, dass ihn die wirren Umstände schon ganz in den Bann gezogen hatten und er nicht selber darauf gekommen war. „Na klar, Herr Stein, Sie haben Recht, wir fahren sofort hin!"

Kaum saßen sie wieder im Auto, tippte Sternal die Adresse von einem Zettel auf das Display seines Navigationsgerätes und fuhr auch schon los.

„Nur fast vier Kilometer von hier, das geht bestimmt schnell."

Die Anspannung wuchs. Alle drei wurden immer nervöser. Sie hofften, endlich des Rätsels Lösung bei Norman zu erfahren.
Als sie die Adresse gefunden hatten, standen sie vor einem prächtigen Haus mit großem, gepflegten Garten und einer imposanten Doppelgarage.
„Hier also wohnt Ihr Sohn! Ob er wohl alleine ist?", fragte sich Sternal.
Tom und Ellen stiegen aus, ohne den Blick vom Haus abwenden zu können. Ellen zögerte etwas. Nun sollte endlich der Moment der Wahrheit kommen und sie ihren Sohn wiedersehen.
Auch Tom atmete einmal tief durch, straffte sich und ging energischen Schrittes zur Haustür. Am Klingelknopf war das Namensschild mit der Aufschrift *N. Stein*.
Auch Sternal war sichtlich angespannt. Er fühlte mit den beiden, versuchte, sich in sie hineinzuversetzen. Tom und Ellen konnten sich doch gar nicht vorstellen, was sie nun erwarten würde: Ihr eigener Sohn, gestern noch ihr kleiner Junge und nun zwanzig Jahre älter? Das war einfach nicht denkbar! Das alles war unglaublich, wie sollte es Realität sein? Aber es gab nur eine Möglichkeit, es herauszufinden.
Noch einen Moment, dachte Tom, und mein kleiner Junge wird die Türe öffnen und alles würde sich als böser Scherz entpuppen. Aber so viel Aufwand für einen Scherz? Das hätte doch kein Neunjähriger fertigbringen können.
Tom war hin und her gerissen. Sein Finger lag schon auf dem Klingelknopf, aber er versuchte immer noch, auf die Schnelle irgendeine logische Erklärung für die ganze Situation zu finden, die ihm die nötige Sicherheit geben könnte, dass dies alles nur ein gewaltiges Missverständnis sein könnte oder irgendetwas, das die ganze Sache schnell aufklären sollte, damit alle wieder

glücklich nach Hause fahren könnten und dann endlich über all das Erlebte lachen könnten.
Aber so sehr er auch weiter nach plausiblen Erklärungen suchte, ihm fiel nichts ein – nicht einmal ansatzweise. Entschlossen drückte er daher den Klingelknopf. Die nächsten Sekunden ließen seinen Magen Purzelbäume schlagen. Fast vergessene Gefühle wie damals mit der Prüfungsangst oder beim ersten Bewerbungsgespräch.
Ein, zwei Minuten verstrichen, aber es waren keine Schritte zu hören. Tom klingelte nochmals, aber niemand öffnete.
Er drehte sich um und schaute Sternal fragend an. „Aber er wohnt hier, ja?"
Sternal nickte entschieden: „Das ist ganz sicher, das haben die Kollegen extra rausgesucht."
„Wahrscheinlich hat er sich den Tag Urlaub genommen, um etwas Wichtiges zu erledigen und nicht, um zu Hause rumzusitzen", meinte Ellen.
Enttäuscht stiegen alle drei wieder ins Auto.
„Und was machen wir jetzt? Soll ich Sie mal etwas mit der Gegend hier vertraut machen?", fragte Sternal aufmunternd.
„Wir könnten ja auch nach Galdof reinfahren und schauen, ob wir alte Nachbarn von Ihnen finden, um sie zu befragen. Ach nein, ich glaube, die Idee ist doch nicht so gut. Wenn das Ganze jetzt an die Öffentlichkeit kommt, dann haben wir ruckzuck die gesamte Presse am Hals und das sollten wir besser erstmal vermeiden. Darauf sollten wir ab jetzt auch ganz bewusst achten. Sie hätten ja keine ruhige Minute mehr, wenn jemand erfährt, dass Sie plötzlich nach zwanzig Jahren hier wieder auftauchen. Ich hoffe nur, in der Bank ist es nicht aufgefallen", grübelte Sternal.
Für einen Moment waren alle still und dachten über die möglichen Folgen nach.

Tom nahm Ellens Hand: „Da haben wir ja noch gar nicht drüber nachgedacht, aber Herr Sternal hat Recht. Wir sollten besser gut aufpassen, wo wir uns sehen lassen und was wir erzählen. Es könnte uns in eine sehr unangenehme Lage bringen, wenn jemand erfährt, was passiert ist. Immerhin haben wir ja scheinbar unseren kleinen Jungen einfach alleine gelassen. Auch wenn ich es immer noch nicht glauben oder erklären kann, es könnte böse enden. Wir sollten besser vorsichtig sein!"
„Ganz richtig, Herr Stein", bekräftigte Sternal. „Ich werde gleich auch meine ehemaligen Kollegen in Kenntnis setzen, dass sie kein Wort über diese ganze Sache verlieren, nicht mal bei ihren Familien, das könnte sonst rundgehen wie ein Lauffeuer. Die Presse würde sich zerreißen über Sie. Ich schlage vor, wir fahren erstmal zu mir nach Hause und überlegen dort weiter. Meine Frau kann uns etwas kochen. Wenn wir in der Stadt herumbummeln, sind wir nicht sicher. Schauen Sie nur die Menschen dort! Einige von den jungen Leuten laufen den ganzen Tag mit diesen Facefinder-Brillen rum und machen sich einen Spaß daraus, fremde Leute mit Vornamen anzusprechen."
Tom und Ellen starrten ihn verständnislos an.
„Ach, die kennen Sie ja noch gar nicht! Diese Brillen haben eine kleine eingebaute Kamera und die ist mit dem Internet verbunden. Innerhalb von Sekunden scannen sie die Gesichter, in deren Richtung der Träger blickt. Und alle im Netz verfügbaren Informationen haben sie dann akustisch über Ohrstöpsel oder optisch auf der Innenseite der Brille. Und Sie können mir glauben, fast jeder hat Infos über sich selber im Internet gespeichert."
Sternal drehte sich zu den beiden um: „Sie kennen vielleicht noch die große Suchmaschine GOCKEL. Weltweit sind dort inzwischen ungefähr achtzig Prozent

aller Menschen registriert. Also kein Wunder, dass die Brillen immer beliebter werden. Manchmal setzt die Polizei sie sogar ein, um die Personalien schneller abrufen zu können."

Sternal startete das Auto. „Ja, es hat sich wirklich so Einiges geändert in den letzten zwanzig Jahren. Man bezahlt auch kaum noch mit Bargeld. Alles geht über das Armphone, das ist so ein Telefon, das man wie ein Armband trägt. Einfach an die Kasse halten, schon bezahlt. Dem Staat ist es recht, so kann er die Schwarzarbeit etwas eindämmen. Aber es gibt es noch, das gute alte Geld! Nur inzwischen kommen fast alle zwei Jahre neue Scheine raus, weil so viel gefälscht wird. Haben Sie denn in der Bank ohne Probleme Ihr Geld bekommen?"

„Ja, das ging klar. Aber wir haben schon gemerkt, dass es ungewöhnlich ist, Bargeld abzuheben. Wir wurden schon etwas komisch angeschaut", berichtete Tom.

Sternal fuhr durch die Stadt und Ellen wunderte sich über die wirklich krassen Veränderungen: Die ehemalige Hauptverkehrsstraße war gänzlich zur Fußgängerzone geworden. Viele Gastronomiebetriebe boten Speisen und Getränke im Außenbereich an. Es waren extrem wenig Autos unterwegs und kaum belegte Parkplätze zu sehen. Fahrräder sah sie dafür viel mehr als sonst.

Ellen saß ruhig da, schaute aus dem Fenster und dachte an Norman.

Tom lenkte sich anders ab. Er war geradezu fasziniert von all den Funktionen, über die das Auto verfügte. Alles war automatisch, es gab kaum Knöpfe, dafür viele Digitalanzeigen und es war sehr gemütlich. Tom merkte, dass er sich ausgesprochen sicher fühlte.

Sternal überlegte währenddessen fieberhaft, wie sie nun weiter vorgehen könnten. Er wollte den Steins unbedingt helfen.

Nun ja, er hatte ja auch gar nichts Besseres zu tun! Für ihn war es eine willkommene Abwechslung vom täglichen Einerlei, aber er wollte auch unbedingt wissen, wie diese ganze Situation zustande gekommen war. Nach all den Jahren lag des Rätsels Lösung greifbar nah. In seiner Amtszeit hatte er – bis auf diese Ausnahme – nie einen Fall einfach zu den Akten gelegt, ohne ihn gelöst zu haben. Erst wenn alle Informationen zu einhundert Prozent zusammenpassten, schloss er seine Fälle ab. Alles musste stimmen!
Vor allem, wenn er vor Gericht als Zeuge aussagen musste, überließ er Nichts dem Zufall. Auf alle Fragen hatte er immer eine Antwort und umso mehr wollte er nun herausfinden, was mit der Familie Stein geschehen war.

Es war Sternals einziger Fall, den er nie zu Ende hatte führen können, weil es nirgendwo Zeugen gab, die Hinweise auf das Verschwinden der Steins geben konnten. Er vermutete seinerzeit ein schlimmes Verbrechen, aber es fanden sich weder ein Motiv und auch keine Leichen. Die Spurensuche hatte ihn viel Arbeit und Nerven gekostet und trotzdem nie ein Ergebnis gebracht.
Und nun plötzlich, nach zwanzig Jahren, waren die Steins einfach wieder da. So als wäre nichts geschehen. So ganz hatte er diesen Fall ja nie aufgegeben, aber dass er so weitergehen würde, hätte er im Traum nicht gedacht. Vielleicht war das die Chance, diesen einen ungeklärten Fall in seiner beruflichen Laufbahn nun endlich auch zu lösen und abzuschließen.
Das war auch der Hauptgrund, warum er Tom und Ellen gar nicht mehr aus den Augen lassen wollte. Er war froh, dass sie seinen Vorschlag, erst mal zu ihm nach Hause zu fahren und sich von seiner Frau bekochen zu lassen, so bereitwillig angenommen hatten. Viel konnten sie an diesem Tag sowieso nicht mehr erreichen. Sie mussten unbedingt mit Norman sprechen!

Nach einem guten Mittagessen erzählte das Ehepaar Sternal von den großen Veränderungen in den letzten zwei Jahrzehnten.
Natürlich kreisten die Gedanken von Tom und Ellen immer noch um ihren kleinen Norman, aber je mehr Sternal und seine Frau sich zu erinnern versuchten, was sich alles geändert hatte und aus der neuen Zeit berichteten, umso mehr begriffen Tom und Ellen, dass dies die Wirklichkeit sein musste! Sie waren nicht mehr im Jahr 2016. Man schrieb das Jahr 2036.
Es blieb ihnen zwar nach wie vor unerklärlich, wie das sein konnte, aber sie konnten sich auch nicht länger vormachen, dass alles nur ein Traum sei.
Sternal prahlte mit weitausholenden Gesten mit den modernen Bauprojekten: „Nachdem die großen Energiekonzerne hier nur ein paar Kilometer weiter die ganze Gegend umgesiedelt hatten, um die Braunkohle abzubaggern, sind auf der anderen Seite der Stadt schöne neue Wohnsiedlungen entstanden. Man hat sogar versucht, weit in die Zukunft zu blicken bei der Planung. So wurde eine ganz neue Stadt gebaut, die völlig anders war, als alles bisher Dagewesene. Ungefähr sechzig Kilometer westlich von hier ist jetzt die Stadt mit dem eigenartigen Namen Futuracity."
Sternal lächelte bei dem Gedanken an den Städtenamen und berichtete weiter: „Dort sind beispielsweise die Straßenlaternen mit LED-Technik, Bewegungsmeldern und auch noch Lichtsensoren ausgestattet. Sie gehen nur an, wenn es notwendig ist. Photovoltaikanlagen hat man keine mehr auf den Hausdächern installiert, weil es bei einem Brand des Hauses für die Feuerwehr problematisch werden könnte. Die Anlage kann jederzeit unter Strom stehen und dann wäre es nicht möglich zu löschen. Aber dafür gibt es jetzt große Glasfronten an

einer Hausseite, die auch im Winter die Luft aufheizen, die nur nach Bedarf ins Haus eingelassen werden kann."
Er nahm einen Schluck Tee und fuhr fort: „Oder das Regenwasser – das wird von den Dächern direkt in Sammeltanks geleitet und für diverse Verbrauchsstellen im Haus verwendet. Sonnenenergie wird auf Feldern am Stadtrand in elektrische Energie umgewandelt. Dort stört und gefährdet es niemanden."
Und Sternal fuhr in seinen Beschreibungen fort: „Das Abwassersystem in der Stadt ist mit Wärmetauschern verbunden, weil der größte Teil der Abwässer noch sehr warm ist, wenn er die Häuser verlässt. So wird noch Einiges an Wärmeenergie zurückgewonnen und wieder zum Heizen eingespeist. Und alle Straßen sind so angeordnet, dass die Geschäfte von allen Seiten schnell zu Fuß erreichbar sind. Alle Einkaufsgeschäfte sind ebenerdig und auch mit Rollator stufenfrei erreichbar – auch daran hat man gedacht! Die Warenanlieferung erfolgt beispielsweise zum größten Teil durch ein unterirdisches Tunnelsystem mit kleinen selbstgesteuerten Schienenfahrzeugen. Beladen werden sie außerhalb der Stadt an Verladestationen. So müssen nur ausgesprochen selten Lkw in die Stadt hineinfahren."
Sternal geriet richtig ins Schwärmen: „Die wenigen nötigen Ampeln, die es noch gibt, sind verkehrsabhängig, computergesteuert und mit Sensoren versehen, so dass es für den Fahrzeugverkehr nur geringste Rotphasen gibt. Und die Rettungsfahrzeuge können per Fernbedienung eine grüne Welle schalten, um unnötige Rotlichtüberquerungen zu vermeiden und somit schneller und gefahrloser an den Einsatzort gelangen. Autos, die nicht älter sind als fünfzehn Jahre, können mit Hilfe eines Updates so programmiert werden, dass sie mit den Verkehrszeichen kommunizieren, also Daten empfangen. Das soll zur

Folge haben, dass niemand zu schnell fahren kann. Die Motorelektronik riegelt dann einfach ab. Eine gute Sache, allein schon um rechtliche Streitfragen in Sachen Geschwindigkeit ausschließen zu können."
Der Polizist in Sternal verkündete nicht ohne einen gewissen Stolz: „Die Verkehrsschilder sind elektronisch gesteuerte Wechselkennzeichen, die den Verkehr so regeln, dass es nachts leiser ist und tagsüber der Verkehr fließt und nicht steht. Parkmöglichkeiten werden angezeigt und werden auch per GPS an Navigationsgeräte geleitet, damit kein unnötiger Parkplatzsuchverkehr entsteht. Die Schilder sind am unteren Ende mit einem kostengünstigen Kunststoffadapter befestigt. Sollte ein Autofahrer ein Schild umgefahren haben, muss nicht gleich ein ganz neues Rohr im Boden einbetoniert werden, sondern nur ein kleines Stück Adapter mit Sollbruchstelle wird ersetzt. Dadurch entsteht weniger Sachschaden am Fahrzeug und weit weniger Kosten für die Aufstellung eines neuen Schildes fallen an."
Sternal trank einen weiteren Schluck, aber er war noch lange nicht am Ende mit den Errungenschaften der Neuzeit: „Jede Straße hat inzwischen zwei Spuren, eine davon nur für Radfahrer. In der ganzen Stadt gibt es überdachte Fahrradparkplätze und Parkgaragen sowie Parkboxen, die abschließbar sind. Alle Auto- und viele Fahrradparkplätze sind mit Ladestationen ausgestattet. Viele davon werden direkt von der Sonne mit der nötigen Energie versorgt. Die modernen Autos werden induktiv geladen. Auf den Autoparkplätzen sind schon Induktivladestationen vorhanden, so dass Fahrzeuge beim Parken geladen werden, ohne dass man extra ein Kabel anschließen muss. Solche Induktivladestationen finden sich auch in den Garagen der Häuser, weil es für Autos jetzt einen internationalen Standard gibt."
Die Steins lauschten gebannt.

„Am Stadtrand befinden sich Bio-Bauernhöfe, von denen die lokalen Händler direkt ihre Waren beziehen. Keine langen Lieferwege mehr und täglich frische Lebensmittel sind somit garantiert. Kinder dürfen die Bauernhöfe besichtigen und können echte freilaufende Hühner, Gänse und auch Kühe sehen. Sogar der Mist wird zum Heizen der Höfe verwertet. Die Kühe bekommen außer dem frischen Gras von der Wiese nur Futter, das Blähungen reduziert, um die Treibhausgase zu verringern. Und jeder Hof hat heutzutage eine Windkraftanlage und produziert genügend Strom, um komplett von externen Leitungen unabhängig zu sein. Überschüssiger Strom wird in das Netz der Stadt eingespeist."
Allmählich entstand vor dem inneren Auge der Steins ein Bild der schönen, neuen Stadt.
Sternal zählte immer weitere Einzelheiten auf: „Beim Bau der Stadt wurden direkt großzügig Leerrohre und Kabelkanäle im Boden verlegt, die von außen immer gut erreichbar sind und jederzeit von allen Anbietern, die Kabel verlegen müssen, genutzt werden können. So ist es ganz unkompliziert möglich, dass verschiedene Telefonanbieter ihre Kabel verlegen, ohne dass noch einmal die Straße aufgerissen werden muss."
Die Steins nickten verständnisvoll.
Nun mischte sich auch Frau Sternal ein: „In der Stadt gibt es jetzt elektronische Werbeflächen, die nur von den lokalen Gewerbebetrieben genutzt werden. Online kann man schnell und spontan Werbeflächen buchen. Möchte der Bäcker zum Beispiel heute seine Brötchen zum Sonderpreis anbieten, so kann er dies sofort über Werbetafeln ankündigen und nach einer bestimmten Zeit wieder beenden. In der Zeit, in der keine Spontanwerbung gebucht ist, sind die Dauerwerbungen zu

sehen. Die sind aber auch nur zu zahlen, so lange die Werbung auch sichtbar war."

Eifrig übernahm Herr Sternal wieder die Schilderung: „Und stellen Sie sich vor: Müll wird ebenfalls über die unterirdischen Tunnelwagensysteme aus der Stadt herausgefahren und landet direkt in der Sortieranlage, wo er recycelt oder in Energie umgewandelt wird! Die Altglascontainer befinden sich ebenfalls unter der Erde und sind mit dem Abfuhrsystem verbunden. So wird das alte Glas direkt in die Recyclinganlage befördert, wenn der Behälter voll ist. Die Lärmbelästigung ist somit auf ein Minimum reduziert."

Die Steins hatten kaum Zeit, sich ein Bild von Futuracity zu machen, da fuhr Sternal auch schon fort: „Aber auch an die Freizeit hat man bei der Planung gedacht: Viel Grün ist in der Stadt selbstverständlich. Kleinere Parks wurden angelegt, damit die Hunde ausgeführt werden können. Damit die Wiesen sauber bleiben, gibt es dort spezielle Hundetoiletten. Zum Beispiel gebohrte Löcher, die nach einiger Zeit einfach verschlossen werden und an anderer Stelle neu gebohrt werden. Und Sie werden sehen: Auch für die Jugend ist gut gesorgt. Am Stadtrand gibt es zwei Discotheken. Beide werden von kostengünstigen Shuttlebussen angefahren, damit ja niemand auf die Idee kommt, alkoholisiert Auto zu fahren. An den Straßen in der Nähe von Fast Food-Restaurants stehen Mülleimer mit großen Einwurftrichtern, damit der Müll aus dem Auto direkt dort hineingeworfen werden kann – ohne dass man aussteigen muss. Jeder Treffer wird mit einem lustigen Geräusch belohnt. Sie glauben ja gar nicht, welchen Spaß die Jugendlichen plötzlich am Müllwegwerfen haben!" Sternal lachte bei dem Gedanken laut auf.

„Was kann ich Ihnen denn noch erzählen: Ach ja, arbeitslose Bewohner können gegen steuerfreie

Bezahlung die Säuberungsarbeiten im gesamten Gebiet übernehmen. In der Öffentlichkeit ist Rauchen unerwünscht. Zigaretten gibt es keine mehr zu kaufen, weil es keinen Sinn macht, Gift an die Bewohner zu verkaufen, die zur gesunden Lebensweise motiviert werden sollen. Sollte noch jemand ein altes fossilkraftstoffverbrennendes Fahrzeug besitzen, ist das aber auch kein Problem: Er darf ohne Strafe in die Stadt einfahren. Da ja kein unnötiger Stau und Parkplatzsuchverkehr entsteht, machen ein paar Verbrennungsmotoren überhaupt nichts aus. Verboten sind allerdings ölverbrennende und krachmachende Laubgebläse, die dazu verwendet wurden, die Blätter der Bäume von einer Ecke in die andere zu blasen. Dafür wird nun ein historisches Spezialwerkzeug verwendet: Man nannte es früher einmal Besen. Heute sagen die Leute scherzhaft: manuell betriebenes Einmannstraßenreinigungsgerät", erzählte Sternal mit einem Augenzwinkern.
Tom und Ellen hörten die ganze Zeit neugierig zu, ohne Sternal auch nur einmal zu unterbrechen.
„Nun ja, Sie sehen, es hat sich schon einiges verändert in den letzten Jahren. Ich habe mich jetzt bestimmt nicht an alles erinnert. Wenn Sie möchten, kann ich Ihnen auch ein paar Berichte über Ihren Sohn raussuchen. Er hat wirklich interessante Forschungsarbeiten geleistet. Manchmal mussten wir die Uni absichern, weil einfach zu viele Presseleute im Anmarsch waren."
Ellen konnte sich zwar immer noch nicht vorstellen, dass ihr Sohn nun zwanzig Jahre älter sein würde, aber inzwischen nahm sie es irgendwie hin und war stolz auf das, was sie über ihn hörte.
Tom war mit den Gedanken auch bei Norman, aber Presseberichte wollte er nicht lesen. „Herr Sternal, wir sind wirklich dankbar, dass Sie uns helfen. Wir freuen uns so sehr darauf, Norman wiederzusehen, aber was

denken Sie: Wie wird er reagieren? Wenn wir ihn, wie Sie gesagt haben, einfach verlassen haben, dann wäre es doch möglich, dass wir ihm gar nicht willkommen sind? Vielleicht hasst er uns sogar." Bei der Vorstellung schüttelte es Tom regelrecht.
„Das glaube ich nicht! Machen Sie sich nicht unnötig Sorgen! Ich glaube, es gibt so viele andere Dinge, die Ihnen Sorgen machen sollten. Die große Frage ist doch, wie Sie Ihre Zukunft gestalten werden. Was wird die Presse anrichten, wenn sie Wind von Ihrem Erscheinen bekommt? Das ist es, was mir die ganze Zeit im Kopf herumgeht. Sie können sich ja nicht immer verstecken. Irgendwann kommt alles an die Öffentlichkeit."
Sternal hielt einen Moment inne. Dann fuhr er zögernd fort: „Wissen Sie, ich habe damals sehr viel Zeit mit Ihrem Fall verbracht. Es war der einzige Fall, den ich bis heute nicht aufklären konnte. Wir haben weltweit nach Spuren gesucht, um herauszufinden, wo Sie abgeblieben sein könnten. Aber nichts, wirklich absolut rein gar nichts konnten meine Kollegen und ich aufspüren. Das hat mich seinerzeit viele schlaflose Nächte gekostet. Es gab keinen einzigen Anhaltspunkt, wohin oder warum Sie verschwunden sind. Wir hatten überhaupt keinen Plan, wo wir suchen sollten. Und nun? Da stehen Sie plötzlich auf dem Revier, als wäre nichts gewesen. Und ich kann Ihnen nicht mal einen Vorwurf machen, weil ich Ihnen glaube, dass Sie selber nicht wissen, was eigentlich passiert ist. Es ist richtig unheimlich! Das ist das erste Mal, dass ich darüber nachdenke, an irgendwelche übersinnlichen ... ach, was weiß ich was zu glauben."
Tom antwortete: „Ich möchte Ihnen nochmals versichern, dass wir nicht lügen! Wir haben Ihnen alles so erzählt, wie es war. Wir sind aus dem Haus gegangen

und alles war irgendwie anders als sonst. Wenn wir doch nur eine Erklärung dafür hätten!", seufzte er.
„Am liebsten würde ich jetzt kurz die Augen schließen, wieder öffnen und unseren Sohn in den Arm nehmen, als Neunjährigen versteht sich! Aber es scheint, als wird nie wieder alles wie es einmal war. Und auch Sie sagen uns sicherlich die Wahrheit. Wir müssen lange irgendwo weg gewesen sein. Ich habe die Stadt kaum wiedererkannt. Es hat sich so vieles verändert – das kann man sich nicht mal eben so ausdenken."
Tom hielt einen Moment inne.
„Das ist alles einfach unvorstellbar und doch haben wir es ja mit eigenen Augen gesehen. So etwas kann nicht über Nacht gebaut worden sein! In der Bank zum Beispiel, diese hypermoderne Technik, das alles kannten wir überhaupt nicht. Und Ihr Auto erst", schwärmte Tom, „so eines habe ich noch nie in meinem Leben gesehen."
„Ach, das ist aber ein ganz normales Serienmodell", winkte Sternal verlegen ab. „Aber Sie haben einen wunderschönen Oldtimer – so einen habe ich schon lange nicht mehr gesehen!"
„Oldtimer! Wie das klingt! Für uns ist er eigentlich noch jung und fährt wie am ersten Tag." Tom wurde von einer Sekunde zur anderen wieder grüblerisch: „Ach, Mann, Mann, was sollen wir denn nur machen? Den ganzen Tag haben wir diese Unruhe im Kopf. Wir wollen unseren Norman als kleinen Jungen wiederhaben und als ganz normale Familie weiterleben. Aber es steht wohl schon fest, dass wir ihn niemals groß werden sehen, weil er schon lange erwachsen ist. Wie soll man das denn verarbeiten, das geht doch gar nicht! Obwohl es sicherlich besser ist, als ein Kind ganz zu verlieren."

Ellen schwieg zu alledem, aber wieder liefen ihr die Tränen über die Wangen und Tom nahm sie schnell in den Arm.
Sternals Ehefrau Yvonne hatte inzwischen frischen Tee aufgebrüht und goss nun jedem eine – nach ihrem Verständnis wohl altmodische – Tasse ein und setze sich dazu. „Mein Mann hat mir viel von Ihnen erzählt. Es ist natürlich eine sehr eigenartige Situation für Sie, aber ich bin mir sicher, dass Ihr Sohn überglücklich sein wird, Sie wiederzusehen und er wird Sie immer noch lieben wie als kleines Kind. Da bin ich mir ganz, ganz sicher! Werden Sie ihn morgen sehen?“
Ellen freute sich über die beruhigenden Worte und den Lavendelblütentee. Beides tat ihr sichtlich gut.
„Ich hoffe sehr, dass wir ihn endlich sehen. Allerdings habe ich ein ganz komisches Gefühl im Bauch, mir ist seltsam zumute. Und ich kann mir gar nicht vorstellen, wie es weitergehen soll. Ich denke ja nicht nur an morgen, sondern auch an übermorgen und danach. Was sollen wir machen, wo sollen wir wohnen, was werden wir arbeiten? Wie können wir wieder ein normales Leben führen? Das ist alles so unwirklich.“
Yvonne redete weiter auf Ellen ein. „Mein Mann findet bestimmt etwas heraus. Er war immer ein sehr ehrgeiziger Polizist. Vielleicht kann er nun mit Ihrer Hilfe Hinweise finden, die diese ganze Sache aufklären und dann geht alles bald seinen gewohnten Weg.“
„Nein, das glaube ich nicht“, erwiderte Ellen und schüttelte verzagt den Kopf.
„Wenn unser Sohn jetzt wirklich neunundzwanzig Jahre alt ist, dann haben wir fast seine gesamte Kindheit verpasst. Wie sollen wir ihm das nur erklären? Wir können ihm gar nichts erklären, wir wissen selbst nichts! Für uns waren wir bis gestern eine glückliche kleine Familie und plötzlich wird uns gesagt, wir wären zwanzig

Jahre weg gewesen. Und irgendwie muss das stimmen. Alles hat sich total verändert, ist unglaublich modern."

Ellen stockte kurz, gab sich dann aber einen Ruck und fragte leise: „Glauben Sie, dass uns vielleicht Außerirdische entführt haben könnten?"

Tom zog Ellen an sich: „Hauptsache, wir sind zusammen, Schatz! Egal, was passiert ist – wir haben es zusammen erlebt. Wir finden schon unseren Weg! Aber ich denke, mit Außerirdischen hat das nichts zu tun. Ich glaube nicht an so etwas wie anderes Leben im All. Aber ich muss zugeben, auch wenn ich sonst für alles eine logische Erklärung habe, dieses Mal nicht. Was hat uns veranlasst, zwanzig Jahre lang zu schlafen? Eine böse Fee aus dem Märchen? Aber das kann eigentlich auch nicht sein, wir waren ja nicht mal da. Unser Haus ist verlassen. Was für ein Glück, dass niemand anderes darin wohnt."

Sternal sprang auf: „Das ist doch die Idee! Wir gehen in Ihr altes Haus! Wir werden einen Schlüsseldienst beauftragen und uns Ihr Haus von innen ansehen. Vielleicht finden wir dort die Hinweise, die wir brauchen. Oder vielleicht erinnern Sie sich dort an irgendetwas! Lassen Sie uns das sofort machen!"

„Sehen Sie: Das ist mein Mann! Er lässt nicht locker und schiebt nichts auf die lange Bank", lächelte Yvonne.

Sternal packte eine Taschenlampe ein und überlegte, was er sonst noch mitnehmen sollte.
„Yvonne, ruf bitte Hauptkommissar Felten an und sag ihm Bescheid, dass wir zum Haus der Steins fahren. Nicht, dass noch irgendwelche Nachbarn auf den Gedanken kommen, die Polizei zu rufen, wenn wir dort sind."
Die drei fuhren also zurück in den Kirschpfad und Sternal rief von unterwegs noch schnell den Schlüsseldienst an, den er immer verständigte, wenn es eine Tür zu öffnen galt, für die kein Schlüssel vorhanden war.
Als sie ankamen, gingen alle noch einmal um das Haus herum, konnten aber außer dem verwilderten Garten nichts Verdächtiges finden.
Ein Kleintransporter fuhr vor und parkte direkt vor Sternals Auto. Ein Mann in Arbeitsoverall stieg aus und holte eine Werkzeugkiste aus dem Laderaum.
„Hi Dirk, schneller ging es leider nicht."
„Hallo Mike, Du hast doch keine Viertelstunde gebraucht. Bist sicher wieder mal gerast. Ich glaube, Du hättest besser ein Auto mit Blaulicht", sagte Sternal mit einem Lachen.
„Hier, diese Tür muss auf. Brauchst Du die Ausweise von den Leuten?"
„Nein, wenn Du dabei bist, sicher nicht. Aber Bargeld wäre toll!", antwortete der Schlüsseldienst-Mitarbeiter.
„Ja klar, und wir bekommen keine Quittung! Nein Alter, das geht leider nicht, darauf waren wir nicht vorbereitet. Ich zahle das wie immer mit Karte. Und jetzt mach' schon auf!", drängelte Sternal.
Tom und Ellen folgten dem Wortwechsel ungeduldig, sie konnten es vor Spannung kaum noch aushalten.
Der Monteur brauchte glücklicherweise nicht einmal zwei Minuten, um die Haustüre zu öffnen, ohne das Schloss zu zerstören, ja, er hatte es nicht einmal

beschädigt. Da aber kein Schlüssel vorhanden war, baute er ein neues Schloss ein und übergab dem Ehepaar Stein die neuen Schlüssel. Fünf Stück. Dann hielt er noch schnell Sternals Zahlkarte an sein mobiles Bankgerät und fuhr auch schon wieder weiter.
Nun zögerten Tom und Ellen.
Sie hatten Angst in ihr eigenes Haus zu gehen, in dem sie bis gestern noch ganz normal gewohnt hatten.
Mit ihrem Einverständnis ging Sternal langsam vor und zog erst einmal zwei Rollos hoch, damit etwas Licht in die Zimmer schien.
Tom folgte und blieb dicht hinter ihm.
Ellen verharrte an der Haustür. Ihr war es zu unheimlich. Schon von hier aus konnte sie sehen, dass die meisten Möbel mit weißen Laken abgedeckt waren.
Tom griff gewohnheitsmäßig zum Lichtschalter und wollte das Licht anknipsen, so wie er es immer tat, wenn er hereinkam, aber es gab keinen Strom. Alles war mit einer dicken Staubschicht bedeckt.
Nur zögernd kam nun auch Ellen nach. Als sie schließlich ins Wohnzimmer eintrat, hatte Sternal auch dort schon die Rollos hochgezogen und die Sonne schien auf das abgedeckte Sofa.
„Hier haben wir gestern noch gelegen und geschlafen", flüsterte sie.
Sternal schaute sie kurz an, sagte aber nichts.
Tom ging derweil in die Küche und drehte probehalber den Wasserhahn auf, aber es floss kein Tropfen.
Dann machte er die Schränke auf und fand ihr altes Geschirr vor, alles wie immer. Es sah nur so aus, als müsste es mal in die Geschirrspülmaschine.
Sternal erinnerte sich. „Das Haus wurde nie als Tatort gesperrt. Ich glaube, Ihr Sohn hatte immer freien Zutritt. Es gab keinen behördlich angeordneten Durchsuchungsbefehl und auch keine Versiegelung. Es wurde zwar auf

Spuren untersucht, das ergab aber keinerlei Hinweise auf ein Verbrechen. Sie wurden auch nie für tot erklärt. Deswegen gehört das Haus offiziell noch Ihnen. Ich denke, dass Ihr Sohn einen Schlüssel hatte und seine liebsten Sachen mitgenommen hat."

Tom und Ellen kamen sich vor wie in einem Science Fiction-Film.

Plötzlich rannte Ellen die Treppe hoch und schaute in ihr Nachtschränkchen: Ihr Schmuck war noch da! Völlig unberührt in der kleinen, mit rotem Samt bezogenen Schatztruhe, die sie von ihrer Oma als Kind bekommen hatte. Ellen weinte vor Erleichterung. Und dann fiel ihr ein, dass in ihrem Kleiderschrank noch etwas Geld versteckt war. Auch das lag noch dort, wo sie es hingesteckt hatte.

Es war niemand im Haus gewesen, der etwas stehlen wollte. Nur ihre Zeit! Tief in Gedanken glitt Ellen die Treppe wieder hinunter.

Tom suchte derweil sein Buch, das er gestern auf dem Sofa gelesen hatte. Es musste ihm beim Einschlafen aus der Hand gefallen sein. Aber auf dem Boden fand er es nicht. Es stand im Bücherregal, genau dort, wo es hingehörte und es war genauso eingestaubt wie alle anderen Bücher in diesem Haus.

„Es ist so unwirklich. Wir sind gestern hier aufgewacht und losgefahren, um Norman zu holen und ... Ellen, erinnerst Du Dich noch an den Garten von Frau Schwab, der große Baum, das kam uns doch schon komisch vor. Aber wir haben nicht weiter drüber nachgedacht."

„Und auch das neue Auto von den Schmitzens! Tom, da haben wir noch drüber gesprochen! Das war so seltsam, aber was sollten wir denn denken?"

„Sie sind also aus dem Haus gegangen und da war es schon passiert: Sie waren in dieser Zeit. Und erinnern Sie sich nicht, wo Sie vorher waren? Ist irgendetwas anderes

vorgefallen?“ Sternal versuchte, ihnen neue Informationen zu entlocken.
„Nein, nein, wir sind auf dem Sofa dort eingeschlafen, dann hat die Sonne uns geblendet und wir sind aufgewacht. Dann wollten wir Norman wieder zu Hause haben und damit fing unser Problem an. Bergers wohnten nicht mehr im Rosenweg“, schilderte Tom nochmals mit starrem Blick.
Sternal schaute sich suchend um, aber es schien ihm so, als kämen sie hier nicht weiter. Es waren keine Anhaltspunkte zu finden. Alles wurde einfach verlassen und irgendjemand hatte die Möbel abgedeckt.
Allerdings wurde klar, dass die Steins keine Reise geplant hatten. Sie hatten keine Koffer gepackt, ihr Badezimmer war nicht aufgeräumt. Zahnbürsten und alle Dinge, die man für eine Reise einpacken würde, standen noch auf den Ablagen. Sternal war sich inzwischen sicher, dass Tom und Ellen die Wahrheit sagten und sich nicht zwanzig Jahre abgesetzt hatten, wie er anfangs doch insgeheim vermutet hatte.
„Also, ich würde sagen, Sie können gerne irgendwelche persönlichen Dinge einpacken, falls Sie etwas von hier brauchen. Dann bringe ich Sie langsam wieder zum Hotel und morgen suchen wir zusammen Ihren Sohn auf, ja? Ich halte es für besser, wenn Sie die nächste Nacht nicht hier im Haus verbringen.“
Ellen stimmte sofort zu. „Ja, das ist ganz meine Meinung! Mir ist es hier momentan viel zu unheimlich, so lange ich nicht weiß, was passiert ist. Alleine hätte ich mich gar nicht getraut, das Haus zu betreten.“
Tom überlegte, was er mitnehmen sollte. Aber ihm fiel gar nichts ein.
„Ich glaube, wir lassen besser alles, wie es ist. Wir werden uns gleich besser ein paar neue Kleidungsstücke

kaufen. Oder möchtest Du vielleicht Deine alte Zahnbürste mitnehmen?", fragte er Ellen ironisch.
„Quatschkopf, Du!" antwortete sie. Und lächelte immerhin.
„Okay, dann lassen Sie uns losfahren. Ich bringe Sie in die Stadt und dann können Sie etwas einkaufen. Aber bitte verhalten Sie sich unauffällig. Wie gesagt, wenn Sie jemand erkennen sollte, was ich allerdings für sehr unwahrscheinlich halte, aber wenn, dann hätten wir ein großes Problem mit der Presse. Waren Sie damals, hmm, also aus Ihrer Sicht gestern schon im Internet bei facescan registriert?", erkundigte sich Sternal.
Tom hielt nicht viel von diesen ganzen sozialen Netzwerken. Er war der Meinung, dass man sein Leben nicht mit der halben Welt teilen müsste.
„Ich erinnere mich: Norman wollte sich gern dort anmelden, aber ich habe es ihm verboten. Ich fand, er sollte mindestens zwölf Jahre alt sein. Wir waren nirgendwo registriert, soweit ich weiß, außer im Onlineauktionshaus, aber alles ohne Fotos."
Sternal war sichtlich erleichtert. „Gut, dann sollte Ihr Spaziergang durch Enbach kein Problem darstellen."
Sie fuhren zusammen in die Stadt und Sternal beschrieb ihnen, wo man am günstigsten gepflegte Kleidung kaufen konnte, die sich noch mit Bargeld bezahlen ließ. In den meisten Geschäften konnte man nur noch bis zu einem gewissen Betrag bar bezahlen.
„Um neun Uhr morgen früh hole ich Sie wieder im Hotel ab. Dann werden wir zu Ihrem Sohn fahren und vielleicht dem Geheimnis ein Stückchen weiter auf die Spur kommen. Passen Sie auf sich auf!", verabschiedete sich Sternal schließlich am Anfang der Fußgängerzone.
„Danke, vielen Dank für alles, Herr Sternal!" Ellen hatte schon wieder Tränen in den Augen.

Tom nahm Ellen entschlossen bei der Hand und sie gingen zügig los.
Schon beim ersten Geschäft wurde Ellen lebhaft: „Schau nur, Tom, hier war gestern noch die schöne Bäckerei und jetzt ist es ein Modegeschäft. Und da vorne war doch der Handyladen! Was ist das denn jetzt? Wir müssen wirklich ewig weg gewesen sein! Ich möchte so gern wissen, wie das sein kann. Zwanzig Jahre in nur einer Nacht."
„Ja, ich kann es auch noch nicht einordnen."
Tom wirkte nachdenklich. „Sieht interessant aus hier. Aber wenn wir wirklich im Jetzt und Hier weiterleben werden, müssen wir sicher so Einiges ganz neu lernen. Was mag mein Chef wohl gesagt haben, als ich eines Tages einfach nicht mehr zur Arbeit erschienen bin? Ich hatte einen Riesenstapel Aufträge auf dem Schreibtisch."
Er lachte kurz auf: „Dann konnten die mal sehen, was ich alles geleistet habe. Vielleicht müssen wir es als eine Chance sehen, völlig neu anzufangen. Hoffentlich gibt es noch Arbeitsstellen, in der unser altes Wissen gefragt ist. Überleg doch mal: Wir sind überhaupt nicht mehr auf dem neuesten Stand."
Ellen war entrüstet. „Mensch, Tom, Du machst Dir vielleicht Gedanken! Mich beschäftigen ganz andere Dinge im Moment. Werden wir Norman morgen wirklich wiedersehen? Und was wird er sagen, wie wird er reagieren? Oder was ist, wenn wir einschlafen, und nach dem Aufwachen sind wir wieder zwanzig Jahre weiter, oder vierzig Jahre zurück oder was weiß ich, wo?"
„Ellen", widersprach Tom entschieden, „nein, da ist irgendwas passiert, aber das passiert nicht noch einmal! Das gibt es nur ein einziges Mal auf der Welt. Oder meinst Du, das hätten andere Menschen auch schon erlebt? Das kann ich nicht glauben! Davon hätte man

doch gehört. Und Norman? Ich bin mir sicher, dass er sich freuen wird, uns wiederzuhaben – wie Frau Sternal gesagt hat! Wir haben ihn ja nicht extra verlassen! Ich denke, er wird viel zu erzählen haben. Hoffentlich hat er überhaupt genug Zeit für uns. Wenn ich so überlege, was Sternal uns über ihn berichtet hat..."

In Gedanken verloren, schlenderten sie durch die Fußgängerzone.

„Schau mal, da vorne ist der Laden, den Sternal wegen der günstigen Klamotten empfohlen hat. Lass uns da reingehen und etwas Passendes kaufen und dann gehen wir direkt zum Hotel. Für mich waren das genug neue Eindrücke heute." Ellen nickte nur.

In dem Geschäft fanden Tom und Ellen tatsächlich alles, was sie brauchten. Auf dem Weg zum Hotel sahen sie noch viele neue Shops und Restaurants, die sie nicht kannten. Es war, als wären sie irgendwo im Urlaub in einem fremden Land.

Und doch war ihnen die Gesamtstruktur noch irgendwie vertraut. Sie erkannten ihre Stadt wieder. Sie war nur etwas anders, moderner. Unvorstellbar, dass sie noch vor ein paar Tagen hier mit dem Auto durchgefahren waren. Jetzt war dies dem Lieferverkehr vorbehalten.

Im Hotel wurden sie freundlich empfangen. Das Abendessen im Speisesaal war gemütlich und ruhig. Tom und Ellen hingen ihren eigenen Gedanken nach und sprachen kaum etwas miteinander. Als sie in ihrem Hotelzimmer waren, war Tom wieder kurz versucht, den Fernseher einzuschalten. Aber dann hatte er doch zu große Bedenken, dass es alles zu viel werden würde, was in den Nachrichten an noch mehr neuen Informationen auf sie zukommen würde. Vielleicht wäre es hilfreich, aber vielleicht würde es auch alles nur schlimmer machen. Er beschloss, es an diesem Abend noch nicht auszuprobieren.

Als Ellen und Tom kurz darauf in ihren neuen Schlafanzügen in dem bequemen Hotelbett kuschelten, fragte Tom: „Was sollen wir Norman morgen nur zur Begrüßung sagen?“

Ellen zuckte nur hilflos mit den Schultern. Beide waren sehr unsicher, was das Treffen am nächsten Tag anging.

Aber nicht nur die Aussicht auf das Wiedersehen machte Ellen Sorgen. Sie hatte ernsthafte Bedenken, dass die Nacht neue Überraschungen mit sich bringen würde.

Tom erging es ähnlich. Am liebsten wären sie gar nicht eingeschlafen, aber die ganze Nacht wach zu bleiben, war unmöglich. Irgendwann kurz vor Mitternacht war beider Wille, wach zu bleiben, nicht mehr stark genug und ihnen fielen nahezu gleichzeitig die Augen zu.

Doch plötzlich wachte Ellen mit einem Ruck auf. Hellwach saß sie im Bett und überlegte im ersten Moment, wo sie sich befand. Sie tastete panisch nach Tom. Er grunzte nur und drehte sich zur anderen Seite. Es dauerte nur ein paar Sekunden, bis Ellen die Orientierung wiederfand.

Sie erinnerte sich, dass sie wie durch einen langen Tunnel geflogen wäre. Das Ganze passierte mit solch einer Beschleunigung und einer Geschwindigkeit, wie es

kein von Menschenhand erschaffenes Gerät bewerkstelligen könnte.
Tom schnarchte leise vor sich hin und bekam nichts von ihrer Verwirrung mit. Als Ellens Puls sich wieder auf ein normales Niveau eingependelt hatte, atmete sie noch einmal tief ein und legte sich wieder hin. Schnell versank sie in tiefem Schlaf, der bis zum frühen Morgen ungestört anhielt.

Das Frühstück im Hotel war reichhaltig, die Auswahl ließ keine Wünsche offen. Aber dennoch war die Stimmung bei Tom und Ellen sehr gedrückt.

Sie kannten es nicht, alleine am Tisch zu sitzen und zu essen, ohne dass ihr kleiner Norman dazwischenfunkte. Nur drei Mal in den neun Jahren hatte er nicht zu Hause übernachtet.

Zwei Mal bei seiner Oma, der Mutter von Ellen und einmal durfte er bei Stefan bleiben.

Die Bergers hatten einen Tag vor dem Urlaub ihr neues Zelt zum Üben im Garten hinter dem Haus aufgebaut. Als Stefan und Norman das sahen, war die Nacht schon voll durchgeplant.

Stockbrot grillen und Nachtwanderung – das musste sein! Die besten Taschenlampen und zwei spannende Bücher wurden im Zelt versteckt. Sie durften die ganze Nacht alleine im Garten das Zelt von innen bewachen.

Das waren die einzigen drei Tage, an denen Norman nicht mit seinen Eltern morgens am Frühstückstisch saß.

Tom und Ellen erzählten sich gegenseitig immer neue Einzelheiten von diesem Zelt-Abenteuer und lächelten in Erinnerung daran.

Wenn Norman ihnen nicht so gefehlt hätte, dann hätten Tom und Ellen es genießen können, so bedient zu werden, aber es kam keine Urlaubsstimmung auf.

Tom schaute immer wieder auf die Uhr. Er wollte Sternal auf keinen Fall warten lassen. Um neun Uhr sollten sie sich treffen.

Ellen kam plötzlich die Idee, eine der netten Bedienungen noch einmal nach dem Datum zu fragen.

Im Speisesaal des Hotels war nichts Ungewöhnliches, was nicht auch vor zwanzig Jahren so hätte sein können.

Sie hatte insgeheim die Hoffnung, dass jetzt alles wieder normal wäre, dass sie nach Hause fahren könnten und alles wie gewohnt weitergehen würde.

Aber die Hoffnung zerschlug sich, als ihr das Datum bestätigt wurde, das nach ihrem Wissen zwanzig Jahre in der Zukunft lag.

Sternal wartete vor dem Hotel im Auto auf die beiden. „Guten Morgen, Frau Stein, guten Morgen, Herr Stein, heute ist wohl der große Wiedersehenstag. Wie war Ihre Nacht? Alles okay soweit?“
Die Frage stelle er aus ernstem Interesse, nicht nur aus reiner Höflichkeit, nicht einfach als Floskel. Tom wusste das zu schätzen.
„Nun ja, geschlafen habe ich eigentlich ganz gut, aber ich schätze, heute haben wir noch mehr Angst vor dem, was uns erwarten wird. Ellen hat es geschafft, mich „anzustecken“. Wird sich Norman wirklich freuen, oder wird er uns fremd sein und nichts mehr mit uns zu tun haben wollen? Wir haben so viel hin und her gedacht, alle Möglichkeiten durchgespielt.“
„Ach, Herr Stein, wie meine Frau schon gestern gesagt hat, er wird sie nicht hassen, niemals! Ich bin mir sicher, dass er überwältigt sein wird und Sie eine gemeinsame Zukunft finden werden.“
Ellen hätte Sternal am liebsten umarmt. Nach diesen aufbauenden Worten waren sie wieder etwas zuversichtlicher. Nun sollten nur noch wenige Minuten verstreichen, bis sie ihren Sohn wieder sehen konnten.
Sie parkten genau wie am Tag zuvor an der Uni und gingen zum Haupteingang. Die Wachleute waren dieses Mal überaus freundlich und einer führte sie ohne Zögern erneut in das Büro.
Dort empfing sie eine Sekretärin, die jeden mit einem Händeschütteln begrüßte. Die drei waren angenehm überrascht.
„Nehmen Sie bitte noch einen kleinen Moment draußen Platz, ich bin sofort wieder bei Ihnen“, versprach die entgegenkommende Dame.
Sie telefonierte kurz und bat die drei dann, ihr durch einen Gang, eine Treppe hinauf und zu einem Aufzug zu folgen. Dort legte sie ihre Hand auf einen Scanner, der

eine rote Hintergrundbeleuchtung hatte. Nach zwei Sekunden wurde der Hintergrund grün und die Tür schob sich auf. Zwei Etagen höher öffnete sich die Tür im Aufzug auf der anderen Seite. Sie gingen einen anderen langen Gang entlang, an dessen Ende ein vergittertes Fenster nach draußen war. Kurz davor sah man die letzte Tür auf der rechten Seite. Auf einem digitalen Namensschild stand: *Professor Dr. Norman Stein.*

Professor, oh Du meine Güte, das hörte sich so alt an! Sternal stellte sich sofort einen älteren kleinen Mann mit schlohweißen, zerzausten Haaren und langem Bart vor. Mit einer kleinen runden Brille, über die er drüberschielte und in einem alten, zerknitterten Kittel.

Aber er hatte Fotos von Norman Stein im Internet gesehen und wusste, dass er ein junger, großer Mann war, der vorwiegend bequeme Alltagskleidung trug.

Nun legte die Sekretärin ihre linke Hand auf einen Scanner, der links neben der Tür an der Wand angebracht war und eine blaue Hintergrundfarbe hatte. Nach zwei Sekunden fing sie an, gelb zu blinken.

„Herr Stein wird Sie gleich empfangen“, sagte sie, nickte ihnen kurz zu und ging zurück. Sie verschwand am Ende des Ganges.

Ellen war mehr als nervös, ihr Herz trommelte, sie hatte Angst, dass gleich die Tür aufgehen würde und eine wildfremde Person sagen würde, dass sie gar nicht seine Eltern seien.
Aber die Ängste von Ellen waren völlig unberechtigt. Die Tür öffnete sich und ein gutaussehender junger Mann stand mit weit aufgerissenen Augen vor ihnen.
Es war Norman und er rief: „Mom, Dad, endlich habe ich Euch wieder, eeeendlich seid Ihr wieder da!"
Er umarmte beide gleichzeitig und im nächsten Moment brachen alle zusammen in Freudentränen aus. Auch wenn es für Tom und Ellen schier unvorstellbar war, dass dieser junge Mann ihr kleiner Norman sein sollte, sie spürten es und wussten aus tiefstem Herzen, dass er es wirklich war. Sternal stand gerührt da und ließ die Szene auf sich wirken.
Noch unter Tränen versuchte Ellen sofort, sich zu entschuldigen. „Oh Norman, wir wollten Dich nicht verlassen, wir wollten Dich niemals alleine lassen, wir wissen nicht, was mit uns passiert ist!"
Eine Weile hielten sich alle drei noch im Arm und dann bat Norman seine Eltern und ihren Begleiter in sein Büro und begrüßte dann auch ihn. „Herr Sternal, ich habe Sie lange nicht gesehen, aber ich würde Sie immer wiedererkennen. Sie haben viel für mich getan damals. Und jetzt bringen Sie mir meine Eltern wieder. Ich danke Ihnen, vielen, vielen Dank!" Mit beiden Händen umfasste Norman Sternals rechte Hand und schüttelte sie wieder und wieder.
Tom und Ellen waren noch total aufgelöst, aber auch Sternal musste sich zusammenreißen, er war selbst den Tränen nahe. Im Büro war reichlich Platz und an einer Wand standen ein gemütliches Sofa und zwei Sessel. Sie machten es sich bequem und Tom konnte es nicht abwarten zu fragen: „Mein Junge, wie ist es Dir denn

ergangen? Du kannst Dir nicht vorstellen, was passiert ist: Wir wollten Dich bei Stefan abholen und plötzlich waren wir ..."

Tom zögerte. „Ich glaube, das kann ich jetzt gar nicht erzählen, das ist viel zu unglaublich, das mache ich später in Ruhe. Erzähle lieber von Dir! Wie geht es Dir?"

Ellen saß dicht neben Norman auf dem Sofa und ließ seine Hand nicht mehr los. Norman fing an zu erzählen.

„Tja, wie war das damals? Ich habe bei den Bergers gewohnt, fast bis ich achtzehn war. War erst alles ganz gut." Norman stockte.

Sternal erinnerte sich, dass später etwas Schlimmes passiert war. Aber er verbarg sein Wissen und ließ Norman erzählen.

„Aber ganz von vorn: An dem Abend, an dem ich zu spät nach Hause kam, wart Ihr einfach nicht mehr da. Ich hatte mit Stefan Fußball gespielt und wir haben nicht auf die Uhr geschaut, denn es war noch so hell draußen. Als ich Euch nicht gefunden habe, bin ich zurückgegangen zu Stefan und seine Eltern haben versucht, Euch zu erreichen, aber ohne Erfolg. Wir wussten nicht weiter und dann habe ich bei Stefan übernachtet. Am nächsten Morgen sind wir alle zusammen nach Hause gefahren, aber von Euch immer noch keine Spur. Dann sind wir zur Polizei gefahren. Obwohl die Frist von vierundzwanzig Stunden für eine Vermisstenanzeige noch nicht um waren, haben sofort alle Beamten nach Euch gesucht. Ihr wurdet aber nicht gefunden, keine Spuren, keine Hinweise, nichts."

Normans Gesicht zeigte solche Trauer bei der Erinnerung an diese Tage vor zwanzig Jahren, dass Ellen seine Hand ganz fest drückte. Norman lächelte dankbar.

„Später wollten die Bergers mich adoptieren, aber das hätte sehr lange gedauert. Hier unser Herr Sternal hat damals bei den Behörden nachgeholfen und so wurde

das Verfahren beschleunigt, aber ein paar Monate musste ich im Heim wohnen."
Ellen war entsetzt. „Oh, mein armer Junge, was haben wir Dir nur angetan? Wir wollten das nicht, das können wir doch nie wieder gut machen." Sie weinte.
Norman berichtete schnell weiter. „Das war schon okay, die waren alle sehr nett. Das war nicht so, wie man es aus Filmen kennt. Es war wie eine große Familie, die Betreuer haben sich wirklich herzensgut um alle Kinder gekümmert, und deshalb waren auch alle Kinder zufrieden, es gab keine Intrigen, keinen Streit, wir kamen gut miteinander aus und haben zusammengehalten. Als ich dann bei Stefan einziehen durfte, waren die anderen Heimkinder sehr traurig, und ich eigentlich auch ein wenig. Mit manchen von ihnen habe ich sogar noch heute Kontakt. Die Eltern von Stefan haben mich behandelt wie ihren eigenen Sohn, es hat mir wirklich an nichts gefehlt ... außer an Euch natürlich."
Ellen drückte seine Hand noch fester. Sternal und Tom saßen da und hörten aufmerksam zu.
Norman redete weiter. „In der Schule war ich sehr gut. Es stand sogar die Überlegung an, ob ich eine Klasse überspringen soll. Das wollte ich aber nicht, weil ich mit Stefan in einer Klasse bleiben wollte. Leider hatte er etwas Schwierigkeiten und manchmal habe ich ihm heimlich seine Hausaufgaben gemacht, vor allem in Physik. In Physik hatte ich immer eine eins. Stefan hatte nämlich immer nur Fußball im Kopf, er wollte Profifußballer werden. Und er war auch wirklich gut darin."
Sternal wusste, was Norman nun gleich erzählen würde. Er senkte den Kopf.
„Ich habe viel, viel Zeit mit Stefan verbracht, Mädchen waren uns noch egal. Wir sind so gut wie nie ohne einen Fußball aus dem Haus gegangen. Stefans Mutter hat

immer gesagt, wir sollen ja aufpassen, die Autos würden auf ihrer Straße oft zu schnell fahren. Jedes Mal, jeden Tag hat sie das gesagt. Stefan hat dann schon gar nicht mehr hingehört. Und eines Tages habe ich den Ball aus der Haustür geschossen. Und Stefan ist hinterhergerannt."

Norman machte eine Pause. Er atmete tief ein und seine Stimme war merklich leiser und trauriger: „Der Ball flog bis auf die Straße hinter Bergers Auto. Stefan rannte hinterher und wollte ihn zurückschießen. Und dann gab es einen furchtbaren Knall."

Tom und Ellen schauten Norman mit großen Augen an und hofften, dass es anders enden würde, als sie befürchteten.

Norman kamen die Tränen. „Stefan ist genau in das Auto gelaufen. Es war so ein neumodisches Elektroauto mit Flüsterreifen, er hatte es nicht gehört. Er flog mehrere Meter durch die Luft. Es war schrecklich, einfach nur schrecklich! Ich glaube, ich wurde für ein paar Sekunden ohnmächtig. Ich hatte einen Schock, konnte nichts tun. Ich war nicht einmal fähig zu schreien. Ich lag nur zitternd im Garten. Stefans Eltern haben es erst mitbekommen, als der Krankenwagen kam."

Norman konnte bei der Erinnerung an das Geschehene kaum noch sprechen. Ellen hielt ihn ganz fest und Tom setzte sich an seine andere Seite und umarmte ihn auch. „Oh, Norman, was hast Du nur mitmachen müssen! Und wir waren nicht für Dich da."

Tom konnte seine Tränen nun auch nicht mehr zurückhalten.

Sternal nahm den Faden der Erzählung auf: „Ich erinnere mich noch genau. Es war der erste Autounfall mit Todesfolge in der Gemeinde. Die Vorschriften wurden daraufhin ganz schnell geändert. Die leisen E-Autos müssen nun in Wohngebieten ein künstliches Motorengeräusch erzeugen. Auf Autobahnen ist es ja so leise erwünscht, aber in der Stadt sind viele Unfälle dadurch passiert. So viele junge Leute haben die Knöpfe mit der Musik im Ohr und schauen nicht richtig auf den Verkehr. Wenn man dann nichts kommen hört, ist es schnell passiert. Das mit Stefan Berger war sehr tragisch, er war noch keine achtzehn. Ich weiß es noch wie heute, ich wohne ja selber in Galdorf."

Norman versuchte, sich zu fassen, er wollte es seinen Eltern selber schildern.

„Ich kam mir so schuldig vor. Dabei war der Autofahrer eindeutig zu schnell. So wie es Stefans Mutter immer gepredigt hatte. Ich wünschte, ich könnte die Zeit zurückdrehen und ihn aufhalten. Nachdem das passiert war, wollten Stefans Eltern nicht mehr länger dort wohnen. Sie legten mir nahe, mir selbst eine Wohnung zu suchen oder ich hätte in unser altes Haus einziehen können, das stand ja leer. Aber das wollte ich nicht. Ich habe mir einen Job gesucht und ein Zimmer gemietet. Ich besaß ja sowieso nicht viel. Und ich hätte etwas im Haus verstauen können, denn den Schlüssel hatte ich ja noch. Aber ich wollte dort nichts verändern. Irgendwann habe ich nur mal alle verderblichen Sachen entsorgt und die Möbel mit Laken bedeckt, damit sie brauchbar bleiben. Ich wusste felsenfest, dass Ihr eines Tages zurückkommen würdet."

Sternal nutzte die Pause in Normans Erzählung. „Norman, darf ich weiterhin Du sagen?"

„Natürlich, Herr Sternal, das dürfen Sie!"

„Okay, Norman, ich denke, ich werde Euch nun mal alleine lassen. Ich schätze, Deine Eltern können Dir selber am besten schildern, was ihnen widerfahren ist. Es ist alles sehr sonderbar, aber ich denke, Sie werden Dich überzeugen, dass sie keine Schuld haben an ihrer Abwesenheit all die Jahre. Also ich glaube ihnen. Ich möchte Sie natürlich alle ganz bald wiedersehen und den Fall gerne aufklären. Ich gehe davon aus, dass Sie sich alsbald bei mir melden werden. Ach, und Ihr Auto steht ja noch vor der Wache, Herr Stein. Wenn Sie möchten, fahre ich Sie natürlich dorthin."

„Nein, nicht nötig", wandte Norman ein. „Ich werde meine Eltern hinfahren, wohin sie möchten. Ich kann mir ohne Weiteres frei nehmen. Meine Überstunden übertreffen meinen Jahresurlaub! Ich lasse die Sekretärin kommen und Sie abholen, Herr Sternal. Alleine können Sie den Aufzug nämlich nicht freischalten."

Norman tippte eine Zahlenkombination auf die Tastatur in seinem Schreibtisch. Zwei Minuten später kam die Sekretärin und Sternal verabschiedete sich, nicht ohne viel Händeschütteln und Dankesworte.

Dann waren sie allein. Norman strahlte seine Eltern an und sagte: „Ihr habt Euch überhaupt nicht verändert!“
Tom antwortete: „Ja, das stimmt wohl. Das hat nämlich damit zu tun, was wir erlebt haben. Ich weiß nicht, ob es schon der richtige Zeitpunkt ist, Dir zu erzählen, was vorgefallen ist. Wir wissen es ja selber nicht recht“, hilfesuchend blickte er zu Ellen.
„Lasst uns lieber zu mir nach Hause fahren“, schlug Norman vor. „Wir werden es uns gemütlich machen und dann reden wir. Es gibt doch noch so viel zu erzählen, sehr viel. Wisst Ihr, ich habe viel gelernt.“
Tom und Ellen waren gerne einverstanden und so fuhren sie mit Normans Auto zu ihm, zu dem schönen, gepflegten Haus. Als sie gerade aus dem Auto stiegen und zur Haustür gehen wollten, erschrak Ellen und ließ einen kurzen Schrei los: „Da ist jemand in deinem Haus! Ein Mann hat eben durch die Gardine geschaut.“
Norman beruhigte sie: „Nein, nein, nur keine Angst, das ist eine digitale Animation. Sobald sich Fremde dem Haus nähern, erscheinen bewegte Bilder im Fenster, das schreckt die Einbrecher ab. Ich habe einen muskulösen Mann programmiert, der schaut dann immer böse nach draußen. Ist aber – wie gesagt – kein echter. Zeige ich Euch später von drinnen.“
Ellen schüttelte verständnislos mit dem Kopf. Schon wieder etwas Neues.
Tom staunte derweil, als Norman mit einer Chipkarte die Haustür öffnete.
Das Haus war riesig, genug Platz für eine ganze Familie, aber Norman lebte allein dort. Möbel gab es nicht viele. Direkt am Eingang stand ein Tischchen, auf dem ein Foto von Tom und Ellen aufgestellt war. Die beiden sahen sich gerührt an.

Norman zauberte in wenigen Sekunden einen aromatisch duftenden Kaffee und setzte sich mit seinen Eltern ins Wohnzimmer.
„Norman, stimmt es, dass Du an geheimen Projekten arbeitest? Das hat doch hoffentlich nichts mit Waffen zu tun?“ Die Vorstellung hatte Tom nicht losgelassen.
„Nein, nein, Dad, ich betreibe Forschung, die der Allgemeinheit zu Gute kommen soll. Es ist so interessant, dass ich mehr Zeit im Labor verbringe als irgendwo anders. Und nebenbei muss ich auch noch meine Vorträge halten und lehren.“
Jetzt mischte sich Ellen neugierig ein. „Mein Junge, was ist denn mit Frau und Kindern? Hast Du denn überhaupt jemanden außer deiner Arbeit?“
„Mach Dir darum keine Sorgen! Ich habe eine feste Freundin. Allerdings arbeitet sie in Wien. Sie ist Genforscherin. Birgit heißt sie. Wir sehen uns nicht oft, aber dafür dann umso intensiver“, grinste Norman.
„Manchmal lassen wir uns die Reise sogar als gemeinsamen Forschungsauftrag bezahlen“, verriet er.
Tom war eher erpicht auf genauere Informationen über die Arbeit seines Sohnes. „Und was genau forschst Du denn so, was ist Deine Arbeit, kannst Du uns Näheres darüber erzählen?“
„Ja, klar, wir arbeiten mit Umwandlung von Energien, da kann man eine Menge anstellen“, sagte Norman leichthin.
„Na ja, das hört sich erst mal nicht sehr spektakulär an“, meinte Tom skeptisch. „Wenn ich Auto fahre, wandele ich auch Energie um. Und zwar Benzin in Bewegungsenergie.“
Norman lachte amüsiert auf. „Ganz so einfach ist es dann doch nicht! Wir, also meine Mitarbeiter und ich, haben erstaunliche Entdeckungen gemacht! Wenn Ihr möchtet, kann ich Euch das präzisieren, das wird aber

ein Weilchen dauern. Normalerweise muss man Jahre daran tüfteln. Aber bevor ich jetzt mit dem ganzen wissenschaftlichen Kram anfange, sollten wir nicht erst etwas essen?“

Es war inzwischen Mittagszeit geworden und alle drei konnten einen Bissen vertragen. Da Norman aber so selten in seinem Haus war, hatte er auch nichts Frisches zum Kochen da. Aber er kannte den besten Lieferservice der Stadt. Ein kurzer Anruf und nur wenige Minuten später wurde ein hervorragendes komplettes Essen für drei Personen geliefert.

Norman war es zwar ziemlich peinlich, dass er seine Eltern nicht selbst bekochen konnte, aber Tom und Ellen waren mehr als zufrieden mit dem gelieferten Mittagessen. Als sie kaum fertig waren, klingelte es an der Haustür.

Norman öffnete die Tür. Es war der Briefträger.

Ellen und Tom freuten sich, dass es wenigstens den Beruf des guten alten Briefträgers noch gab.

„Guten Tag, Herr Stein, ein Päckchen für Sie.“

Der Briefträger übergab das Päckchen und hielt Norman einen Scanner hin, auf dem er mit dem Mittelfinger seine Identität und den Empfang bestätigte – also doch eine Neuerung!

„Darauf warte ich schon seit Tagen. Warum hat es so lange gedauert?“

„Entschuldigung, es gab Probleme im Fernleitungstunnelsystem. Ein Wagen ist aus der Führung gesprungen und es hat einen ganzen Tag gedauert, bis er geborgen werden konnte. Jetzt läuft aber wieder alles normal.“

Tom und Ellen schauten sich stumm an. Ein Fernleitungstunnelsystem. Sie würden noch viel lernen müssen!

„Okay, vielen Dank." Norman stellte das Paket in die Küche und ging wieder zu seinen Eltern, die neugierig im Wohnzimmer warteten.
Norman wollte eigentlich viel lieber von seinen Forschungen erzählen, aber sein Freund Stefan kam ihm immer wieder in den Sinn.
„Ich muss gerade wieder an Stefan denken", gestand er. „In ein paar Tagen hätte er Geburtstag. Als er gestorben ist, habe ich fast meine ganze Zeit mit Lernen verbracht. Ich bin nur selten ausgegangen. In Enbach gab es eine günstige Wohnung, eigentlich nur ein Zimmer, aber mehr brauchte ich ja auch nicht. Angeblich sollte es dort spuken, deshalb hat der Vermieter den Preis halbiert. Vom Spuk habe ich nichts gemerkt. Und sonst hätte ich mich mit den Geistern einfach angefreundet", sagte Norman schmunzelnd.
Doch sogleich blickte er wieder wehmütig auf seine Hände.
„Zu Stefans Eltern habe ich leider gar keinen Kontakt mehr. Sie haben mir nicht mal ihre neue Adresse verraten, und das, obwohl sie mich früher behandelt haben wie einen eigenen Sohn. Ich hatte so viel Spaß mit Stefan, ganz selten einmal Zank. Wir haben uns noch nicht mal um irgendein Mädchen gestritten! Er hatte glücklicherweise einen ganz anderen Geschmack als ich. Es ist schon bewegend, wie ein einziger Augenblick die Welt so verändern kann."
Norman wurde einen Moment still und schaute traurig zum Fenster. Er dachte an Stefan und an den Tag, an dem seine Eltern plötzlich verschwanden. Aber er sprach sie nicht darauf an.
Er fragte nicht, wo sie gewesen waren, oder warum sie auf einmal weg waren. Er fragte auch nicht, was sie an diesem Tag und vorher erlebt hatten.

Ellen wunderte sich darüber, aber die Dinge überstürzten sich gerade, so dass sie erst gar nicht weiter darüber nachdenken konnte.

Tom und Ellen versuchten erfolglos sich vorzustellen, wie es Norman wohl ergangen war, als er so furchtbar allein war und mit dem Erlebten fertig werden musste. Und wie ihre gemeinsame Zukunft wohl aussehen könnte. Zwanzig Jahre seines Lebens hatten sie verpasst und niemand konnte ihnen sagen, wie das zustande gekommen war.

Norman erinnerte sich: „Ihr habt mir oft aus der Bibel vorgelesen, als ich klein war. Ich wollte immer wissen, wie dieser Jesus es geschafft hat, solch unglaubliche Wunder zu vollbringen, dass man nach über zweitausend Jahren noch davon redet. Das hat mich seit jeher beschäftigt. So sehr, dass ich zum Teil meine Forschungen darauf ausgerichtet habe. Ich möchte wissen, ob es wirklich möglich ist, über Wasser zu laufen. Und wenn es möglich ist, möchte ich es lernen!"

Tom und Ellen schauten sich verwundert an. Das hatten sie nicht erwartet.

Ellen fragte interessiert: „Aber wie kann man so was denn erforschen?"

Norman holte tief Luft. „Also, da muss ich mal ganz an den Anfang: Wir haben herausgefunden, dass alles auf dieser Welt aus Energie besteht. Das heißt, wir haben es nicht herausgefunden, denn so neu ist das gar nicht, aber wir konnten es beweisen. Das war ein sehr großer Schritt."

Norman war in seinem Element. Über seine Studien konnte er sich stundenlang auslassen und darüber diskutieren.

„Ich glaube, es würde zu lange dauern, Euch das alles ganz detailliert zu erklären, aber ich versuche mal, Euch eine Kurzform zu vermitteln."

Seine Eltern hörten gebannt zu. Sie selbst hatten ja außer den vergangenen Stunden seit dem Aufwachen nicht viel zu berichten.

Norman dagegen bemühte sich, für sie zwanzig Jahre zusammenzufassen. Tom und Ellen hätten natürlich gern viel über Normans Kindheit erfahren, vor allem von der Zeit, nachdem sie verschwunden waren. Aber Norman war meistens so in seine Arbeit vertieft, dass sie sein ganzes Leben ausfüllte und er kam immer wieder auf die gleichen Themen zu sprechen.

Er interessierte sich nicht sonderlich für Autos, nicht für Computer, und auch nicht für Politik. Nur noch ein wenig für Fußball. Aber seine Hauptinteressen waren seine Forschungen und alles, was mit Energie zu tun hatte.

Und so war Norman bestrebt, seinen Eltern seine Kenntnisse näher zu bringen. Dass sie zwanzig Jahre nicht anwesend gewesen waren, schien ihn überhaupt nicht zu stören. Er machte ihnen keinerlei Vorwürfe, zeigte keine Trauer, er schien nicht einmal erstaunt darüber zu sein, dass sie nun plötzlich wieder aufgetaucht waren.

Natürlich war er überglücklich sie wiederzuhaben, das war nicht zu bestreiten. Es beunruhigte ihn aber nicht, wo seine Eltern die letzten zwanzig Jahre verbracht hatten. Alles was ihn beschäftigte, waren seine Forschungsergebnisse.

„Also, Ihr müsst Euch das so vorstellen: Alles, was wir hier sehen, ist eine Form von Energie. Es sind kleinste Energiewirbel, die eine bestimmte Geschwindigkeit haben und so zu fester Materie werden. Wenn die Geschwindigkeit der Energie zweier Gegenstände die Gleiche ist, können sie sich nicht durchdringen. Vereinfacht gesagt, wir können sie anfassen. Es gibt natürlich auch Dinge, deren Energie eine andere Geschwindigkeit aufweist. Zum Beispiel bestimmte Strahlen, versteht Ihr?“

Tom und Ellen schüttelten gleichzeitig den Kopf. Das ging zu schnell.

Norman hatte sich immerhin jahrelang damit befasst und wollte ihnen nun sein geballtes Wissen innerhalb nur weniger Minuten vermitteln.
Norman runzelte die Stirn und versuchte es mit anderen Beispielen.
„Okay, ich glaube, ich muss doch etwas weiter ausholen. Ihr kennt ja noch eine Mikrowelle. Die Strahlen der Mikrowelle können Gegenstände durchdringen und die molekulare Struktur verändern. Nein, ich glaube, das ist auch kein gutes Beispiel. Ich überlege mir etwas Leichteres."
Tom grübelte, worauf Norman wohl hinaus wollte, aber noch konnte er nicht richtig folgen.
„Mal angenommen, wir könnten die Geschwindigkeit unserer Energiewirbel, aus denen wir bestehen, verändern, zum Beispiel ganz stark verlangsamen, dann könnten wir einfach durch diese Wand hindurchspazieren, weil unsere Energie nicht mit der der Wand zusammentreffen würde. Sie würden einfach aneinander vorbeiwirbeln, versteht Ihr das?"
Ellen war überfordert. Tom gab sich Mühe, es sich vorzustellen, aber das widersprach völlig seinem bisherigen Wissensstand.
Durch eine Wand laufen, das hörte sich ziemlich albern und weit hergeholt an. Das gab es doch nur im Film. Aber in der Hoffnung, eine für ihn verständliche Erklärung zu bekommen, wagte er nicht, Norman zu unterbrechen, nickte langsam und hörte weiter geduldig zu.
„Also ganz einfach verbildlicht könnte man sich einen Ventilator vorstellen. Wenn er sich ganz schnell dreht, möchte niemand seinen Finger reinstecken, wenn er aber nur noch eine Umdrehung pro Stunde macht, dann könnte man ungehindert durchspazieren. Wir haben es geschafft, Energie außerhalb eines menschlichen

Körpers zu messen. Spiritualisten nennen es die Aura. Wir haben Messinstrumente dafür entwickelt und können tatsächlich nachweisen, dass eine Energie um uns herum besteht. Einer meiner Mitarbeiter behauptet sogar, dass er sie sehen könnte. Ich weiß nicht, ob er sich das einbildet, oder ob das wirklich möglich ist, aber das ist mir egal. Wenn ich mir vorstelle, dass ich die Radiowellen sehen könnte, na danke. Das wäre echt zu viel! Aber wir können es messen, das ist doch schon sehr interessant, oder?

Norman blickte sie erwartungsvoll an.

„Denn wir haben viele Menschen eingeladen, um ihre Energien zu messen und haben erstaunliche Werte ermittelt. Wir haben den Probanden während der Messungen Fotos gezeigt. Immer wenn ein Foto von einem fröhlichen Kind zu sehen war, strahlte die Energie am weitesten aus. Wir haben feinste Messgeräte im Nebenraum aufgestellt und sogar dort noch gewisse Werte ermitteln können. Nun sind wir dabei, noch feinere Geräte zu entwickeln. Das Problem ist, dass viel zu viel Strahlung und Energie von außerhalb eingestreut wird, so können wir nicht genau feststellen, ob die Messwerte von der Testperson kommen oder von sonstwo."

Für Tom hörte sich das nicht besonders bahnbrechend an. Wofür sollte man solche Werte auch nutzen können? Er unterbrach daher Norman kurz: „Norman, äh, sag mal, wofür ist das denn gut, was macht Ihr mit den Messergebnissen? Wer kann denn damit etwas anfangen?"

Norman war geradezu entsetzt vom Unverständnis seines Vaters. Sah er denn nicht, wie äußerst wichtig diese Erkenntnisse sein könnten?

Eifrig betonte er: „Das ist ein riesengroßer Schritt in der Forschung! Wir haben ja noch viel, viel mehr herausgefunden! Du kannst Dir bestimmt gar nicht vorstellen, was alles damit in Zusammenhang steht. Wenn wir es schaffen würden, ein Gerät zu entwickeln, dass diese gemessene Energie umwandelt, das wäre das größte meiner Ziele. Das ist so ähnlich...", Norman überlegte kurz, „so ähnlich wie ein Telefon. Stell Dir mal vor, Du sprichst etwas in ein Telefon. Deine Stimme, bestehend aus Schallwellen, wird umgewandelt in elektrische Energie. Diese fließt sozusagen erst mal durch ein Kabel, dann zum Satelliten, von dort um die halbe Erde, zurück zu einem weit entfernten Gerät, das die elektrische Energie durch einen Lautsprecher wieder in deine Stimme verwandelt. Alles völlig normal für uns. Was meinst Du wohl, was man alles erfahren könnte, wenn man die Energie der menschlichen Gedanken in Töne oder Bilder umwandeln könnte? Oder sogar die von Tieren! Wäre das nicht eine Sensation?", sprudelte Norman hervor.

„Moment mal", hakte Tom nach. „Wer sagt denn, dass unsere Gedanken auch Energie sind?"

Norman antwortete sofort voller Überzeugung: „Das ist ganz sicher so, das konnten wir messen! Wie sonst würde es sich erklären, dass sich die Energieströme bei verschiedenen Gedanken messbar verändern? Und zwar statistisch gesehen immer nach dem gleichen Muster. Wir möchten aber noch herausfinden, wie weit diese Energie reicht. Ob sie nur einen bestimmten Radius um das Lebewesen herum hat oder vielleicht sogar um die ganze Erde geht. Aber dafür sind unsere Geräte leider noch nicht geeignet. Wenn das möglich wäre und die Umwandlung in Töne oder Bilder bei einem Menschen erfolgreich durchführbar wäre, dann könnte man zum Beispiel jedes Verbrechen aufklären. Man müsste das Gerät nur an den Verdächtigen anschließen und schon würde die ganze Wahrheit ans Licht kommen."

Ellen lauschte der Diskussion ohne Kommentar, aber Tom konnte es nun nicht lassen, wieder eine Frage zu stellen. „Aber wer sagt denn, dass dieser Verbrecher, also angenommen der Verdächtige ist wirklich der Verbrecher, wer sagt denn, dass er sich dann nicht extra irgendeinen Unsinn ausdenkt und völlig falsche Bilder entstehen lässt? Er könnte anstatt an sein Verbrechen vielleicht an einen Affenkäfig denken. Also, ehrlich gesagt, ich möchte natürlich keinesfalls Deine Arbeiten in Frage stellen, aber für mich hört sich das Ganze etwas abstrakt an und es ist eine unschöne Vorstellung, dass andere Leute mit einem Gerät hinter mir hergehen könnten und meine Phantasien auf Video ansehen."
„Ach, Dad, du kritisierst wieder einfach alles. Aber so ist das natürlich nicht vorgesehen! Man kann nicht einfach die Gedanken fremder Leute filmen. Es ist ja auch nur ein Ansatz, ein kleiner Teil der Möglichkeiten. Es würde zum Beispiel auch möglich sein, vermisste Menschen aufzuspüren."
Plötzlich waren alle für einen Moment ganz still und Norman schluckte hörbar. Er merkte, dass er da etwas Entscheidendes gesagt hatte. Schnell wollte er die Situation entspannen und plapperte weiter. „Aber wir haben noch auf ganz anderen Gebieten der Energieumwandlung gearbeitet. Dass Gedanken eine Art von Energie sind, konnten wir jedenfalls nachweisen. Und das hat mich wieder an die Bibel erinnert. Jesus hat doch so viele Wunder bewirkt. Heute denken die meisten Menschen, dass sich da jemand Geschichten ausgedacht hat, um an etwas Gutes glauben zu können. Aber je mehr ich mich damit beschäftigt habe, umso mehr konnte ich diese Dinge wissenschaftlich erklären. Es hört sich alles an wie ein Märchen, aber man muss nur mal genauer darüber nachdenken und ein bisschen Hinter-

grundwissen erwerben, dann kann man Vieles von dem, was Jesus getan hat, erklären."

Bei diesen Worten strahlte Ellen ihren Sohn an. Sie freute sich sehr, dass Norman die Geschichten aus der Bibel, die sie ihm früher vor dem Einschlafen manchmal vorgelesen hatte, so positiv angenommen hatte und daran glaubte. Auch wenn sie selber keine wissenschaftlichen Erklärungen für Jesus Handeln brauchte. Sie war zufrieden, dass Norman sich damit beschäftigte.

„Jesus hatte die Fähigkeit, seine Gedanken, also die Energie seiner Gedanken, so gebündelt zu konzentrieren, dass sie auf andere Menschen eingewirkt haben. Früher war das sicher etwas einfacher, sich zu konzentrieren. Heute prasseln so viele Einflüsse auf uns ein, dass man oft mehrere Dinge gleichzeitig im Sinn hat. Denkt mal, allein wenn wir essen, dann sind unsere Augen nicht bei dem Essen, sondern irgendwo. Und unsere Gedanken? Wo sind die? Jedenfalls nicht beim Essen. Man soll mit allen Sinnen essen, aber wer macht das schon? Man sitzt vor dem Fernseher, mit dem Telefon in der einen Hand, mit dem Essen in der anderen Hand und überlegt gleichzeitig, was man am nächsten Tag alles erledigen muss. Das ist doch kein Essen, oder? Wir sollten uns besinnen. Ich habe das oft versucht, beim Essen wirklich nur an das gute Essen zu denken. Das ist aber gar nicht so einfach. Ich übe es noch. Aber zurück zu Jesus. Der konnte sich noch konzentrieren. Der konnte froh sein, dass er keinen Fernseher und keinen Computer hatte."

Norman lachte kurz und führte weiter aus: „Er hat die Energie seiner Gedanken so eingesetzt, dass er damit kranke Zellen anderer Menschen zerstören konnte. Oder er hat die Gedanken der anderen Menschen berührt und diese umgewandelt, damit sie selber ihre Gesundheit wiedererlangen konnten. Wie genau er es nun gemacht

hat, weiß ich noch nicht, aber es hat funktioniert. Und viele Aussagen, die man in der Bibel findet, konnte ich durch meine Arbeit erst nach Jahren verstehen."
Norman legte den Kopf schief und schaute zu Ellen. „Als Mom mir damals vorgelesen hat – ich weiß es noch wie heute, sie hat gesagt, selig sind die geistig Armen. Ich dachte früher, die Dummen wären damit gemeint, aber das stimmt gar nicht. Gemeint sind die, die nicht den Kopf voll haben mit lauter unnützem Zeug wie es heute bei den meisten Menschen der Fall ist. Ich möchte ja nicht sagen, dass man nichts lernen soll, ganz im Gegenteil, aber wir beschäftigen uns viel zu viel mit Dingen, die wir nicht brauchen", ereiferte er sich. „Wir müssen nicht mit Computerspielen unsere Zeit vergeuden und unseren Kopf vollstopfen und auch was der Nachbar in seinem Garten macht, könnte uns total egal sein. Aber wir kümmern uns um jeden Kleinkram, anstatt um uns selber. Jeder schaut auf den anderen. Was hat der jetzt wieder falsch gemacht, wo kann ich einen Fehler finden? Und wenn man mal nichts zu bemängeln findet und Freizeit hat, dann füllt man diese Zeit mit unnötigen Beschäftigungen. Schaut euch die Leute an, die beim Arzt oder irgendwo in einem Wartezimmer sitzen: Sofort nimmt jeder eine sinnlose Zeitschrift in die Hand und fängt an zu blättern. Lauter unwichtige Informationen. Prinzessin Elfriede hat Egon geküsst oder so´n Quatsch!"
Norman machte eine wegwerfende Handbewegung.
„Wozu muss man das wissen? Niemand würde auf die Idee kommen, seinen Computer mit irgendwelchem Datenmüll zu füllen, wenn er gerade nicht gebraucht wird. Dad, du bist doch Computerfachmann, ich bin mir sicher, dass du die Speichermedien deiner Geräte regelmäßig entrümpelt, gereinigt und sortiert hast. Aber was machen die Menschen mit ihren Köpfen? Immer weiter

rein mit den unwichtigen Informationen, die uns nur durcheinanderbringen."
Norman fiel noch etwas ein: „Vor ungefähr zwei Jahren habe ich eine Yoga-Lehrerin kennengelernt. Auch mit ihr haben wir die Messungen durchgeführt. Sie hat erstaunliche Ergebnisse geliefert. Und sie hat mir beigebracht, zu meditieren. Das lässt mich abends nach der Arbeit oft zur Ruhe kommen. Früher bin ich nachts manchmal aufgewacht und habe angefangen, mir Notizen zu machen für den nächsten Tag im Labor. Als ich gelernt habe zu meditieren, wurde mein Schlaf besser. Ich war morgens erholter und meine Arbeit ging mir viel leichter von der Hand. Und es hat mir viele neue Erkenntnisse in meiner Forschung gebracht."
Norman machte eine Pause.
„Mensch, jetzt habe ich schon so viel erzählt und es ist eigentlich erst ein ganz kleiner Teil von dem, was ich Euch eigentlich noch alles sagen möchte. Ich würde auch gerne einfach mit Euch in die Stadt gehen, ein bisschen bummeln und etwas ausruhen. Morgen muss ich kurz zur Uni einen Vortrag halten, aber danach kann ich wieder den ganzen Tag für Euch da sein – wenn Ihr das wollt."
„Natürlich wollen wir das, mein lieber Junge", kam es prompt von Ellen.
Aber Norman schien sie gar nicht gehört zu haben.
„Der Jesus hat ja mal viele Hundert Menschen mit einem Stück Brot satt gemacht. Viele halten das für eine erfundene Geschichte. Oder vielleicht einen Fehler in der Übersetzung, beziehungsweise in der Überlieferung. Aber ich bin mir sicher, dass es wahr ist. Es gibt nämlich eine Möglichkeit, das wirklich zu bewerkstelligen. Er hat die Energie seiner Gedanken so gebündelt, so konzentriert, dass er Materie daraus entstehen lassen konnte. In diesem Fall eben das gewünschte Brot. Er teilte es

immer wieder und ließ aus der einen Hälfte neues entstehen. Es soll Gurus in Indien geben, die heute noch diese Technik beherrschen. Ich hatte leider noch keine Zeit, einmal selbst dorthin zu reisen, ich würde so gerne mal einen kennen lernen. Sicher würde auch das meine Arbeit ein gutes Stück weiterbringen."
Norman schüttelte sich.
„Aber ich schweife ab. Ich rede die ganze Zeit nur von meiner Arbeit, aber sie nimmt einfach den größten Teil in meinem Leben ein. Wie schon gesagt, Birgit sehe ich nicht so oft und Partys interessieren mich nicht so sehr. Entschuldigt, ich habe mich noch kein einziges Mal nach Eurem Wohlbefinden erkundigt."
Tom und Ellen wurden durch diese Frage überrumpelt. Tom musste kurz überlegen, was er dazu sagen sollte. „Nun ja, körperlich geht es uns wohl gut, aber wir sind ganz schön durcheinander. Du hast uns zwanzig Jahre nicht gesehen, wir haben mehr von Deinem Leben verpasst als wir mitbekommen haben. Glaub mir bitte, wir wären so gern für Dich da gewesen!"
Er wusste nicht recht weiter.
„Wir können Dir nicht erklären, was geschehen ist und würden es doch ohne Zögern. Wir haben es selber noch nicht verstanden. Plötzlich wachen wir auf und es ist nicht zwanzig Minuten später, sondern zwanzig Jahre. Ich kann Dir gar nicht sagen ..."
Tom war schier verzweifelt, dass er keine logische Erklärung für ihre Situation hatte. Aber Norman schien das gar nicht zu beeindrucken. Er fragte auch dieses Mal nicht weiter nach, sondern lenkte geschickt wieder auf ein anderes Thema.
„Habt Ihr denn Lust, heute Nachmittag noch etwas in die Stadt zu gehen? Ich mache das viel zu selten! Wir könnten auch etwas zum Essen kaufen, damit wir uns hier gemütlich etwas kochen können. Natürlich könnt

Ihr auch bei mir wohnen, wenn Ihr möchtet, das ist ja selbstverständlich und Platz ist genug. Was habt Ihr vor? Habt Ihr etwas geplant?"
Ellen schaute Norman erwartungsvoll an. „Wir? Etwas vor? Nein, wir wissen gar nicht, was wir machen sollen! Wir würden nur gerne wissen, wie wir hierhergekommen sind. Aber vielleicht hast Du Recht, lass uns in die Stadt gehen. Zeig uns die Stadt, wie sie heute funktioniert und lenke uns etwas ab. Gibt es eigentlich den Park noch? Dann könnten wir die Enten füttern. Du weißt schon, wo wir letzte Woche ... ich meine, wo wir damals waren – erinnerst Du Dich?"
Norman freute sich. „Ja, den Park gibt es noch! Was für eine tolle Idee! Lasst uns gehen, die Enten warten sicher schon auf uns."

Tom, Ellen und Norman gingen in die Stadt. Zuerst in den Park, der ganz nah an der Innenstadt gelegen war. Norman hatte auf die Schnelle noch ein Brötchen vom Vortag mitgenommen und damit – wie früher – die Enten gefüttert, die sich wild über die Brotstückchen hermachten. Das hatte er schon ewig nicht mehr gemacht! Langsam stellte sich ein vertrautes Gefühl ein.

Hinterher zeigte Norman seinen Eltern die Fußgängerzone, die sie schon kurz kennengelernt hatten. Aber Norman konnte genau erzählen, wann welches Geschäft entstanden war. Er erinnerte sich auch daran, wie die Durchgangsstraße erst zur Einbahnstraße und nur ein Jahr später für den Autoverkehr ganz gesperrt wurde.

„Hier ist die Fahrschule, in der ich meinen Führerschein gemacht habe und da vorne gibt es die besten Brötchen.“ Norman zeigte nach links und rechts wie ein Fremdenführer.

Ein paar Geschäfte erkannten Tom und Ellen sogar wieder. Sie hatten sich die ganzen Jahre über gehalten. Ein alteingesessener Uhrmacher, ein Modegeschäft, das aus Familientradition immer weiter vererbt wurde und auch das kleine Elektrofachgeschäft, in dem man seinen Rasierapparat sogar zur Inspektion abgeben konnte. Nach zwei Stunden Spaziergang traten sie den Heimweg an.

„Sollen wir am Hotel vorbeigehen und Eure Sachen holen und mit zu mir nehmen?“, schlug Norman vor.

Tom und Ellen willigten ohne lange zu zögern ein und sie machten den kleinen Umweg zum Hotel. Normans Haus war nicht weit entfernt. Es lag in einer ruhigen Seitenstraße, war aber nahe der Innenstadt. So wollte er es haben. Sie legten das Wenige an Gepäck erstmal im Flur ab und setzten sich recht erschöpft in die Küche. Norman wusste sogar noch, welchen Tee seine Mutter

am liebsten trank – den hatte er auch immer im Schrank. Ellen lächelte gerührt.
Tom bekam einen Kaffee. Schwarz wie die Nacht, keinen Milchshake, so hatte er früher immer gesagt. Dass Norman das noch wusste!
Es war sehr ungewohnt für Norman, Besuch zu haben, und noch dazu seine eigenen Eltern. Aber er hatte nichts zu verstecken und das Haus war aufgeräumt. Zwar war er nicht auf länger andauernden Besuch vorbereitet, aber Gästebetten waren vorhanden. Im Flur hinter dem Eingang hing ein großes Bild mit der Aufschrift *>Mach den Fernseher aus und träume – denn Träume werden wahr, Filme nicht<.*
Tom schaute sich das Haus neugierig an und suchte in jedem Zimmer nach einen Computer. Es war keiner zu sehen. Er konnte es kaum fassen: „Wo steht denn Dein Computer? Oder hat man so was heutzutage am Handgelenk?"
„Nein, oder ja, auch, aber ich habe hier im Haus extra keinen Rechner mehr, sonst käme ich vielleicht auf die Idee, auch nachts noch zu arbeiten. Nein, das möchte ich nicht! Zu Hause ist Freizeit. Schlimm genug, dass ich hier ein Telefon und einen Fernseher habe. Damit könnte ich auch alles machen. Manchmal kommt man sich vor wie ein Sklave der Technik. Ach, da fällt mir ein, dass ich Euch den Fernseher noch zeigen wollte. Schaut mal das große Fenster. Das ist der Fernseher, der hat von außen den Mann erscheinen lassen, der die Einbrecher abschrecken soll. Und von innen kann ich ihn zum Filmeschauen nutzen. Oder ich schalte einfach ein schönes Bild ein. Hier ein toller Sonnenuntergang, oder so, ein Strand, da meint man wirklich, man wäre am Meer. Ich kann natürlich auch alles ausschalten und es einfach ein Fenster sein lassen. Es ist nicht wie früher, als man fünfzig Programme hatte. Heute schaltet man

einfach die Sendung, oder den Film ein, den man sehen möchte, egal was, egal um welche Uhrzeit. Alles ist immer verfügbar."
Langsam wurde es Abend und ohne viele Worte hatten alle drei ein leckeres Abendessen zubereitet, das sie bei gemütlichem Kerzenschein schweigend genossen.
Tom dachte immer noch skeptisch über die ganzen Dinge nach, die Norman den Tag über berichtet hatte. Yoga ... das mit Jesus ... Datenmüll im Kopf, was war nur los mit dem Jungen, wer hatte ihn auf diese Bahn gebracht?
Tom war beruflich in der Automobilzuliefererbranche tätig gewesen. Für spirituelle Dinge hatte er sich nie interessiert. Er hielt das alles für Quatsch. Die Bibel kannte zwar auch er, aber für ihn waren es – wie Norman schon sagte – erfundene Geschichten. Vielleicht konnte das eine oder andere sich ähnlich zugetragen haben, damals vor zweitausend Jahren, aber an Wunder glaubte Tom kein bisschen.
Ellen sah das etwas anders.
Irgendwie war sie sich sicher, dass es stimmen musste, was in der Bibel zu lesen war. Aber wie Jesus diese Wunder bewirkt haben sollte, konnte sie dem kleinen Norman nicht erklären. Und jetzt versuchte er zu erforschen, wie das alles möglich war. Über Wasser laufen, Kranke heilen, in die Zukunft sehen und all solche Sachen. Jede freie Minute schien Norman zu nutzen, um neues Wissen zu erlangen. Dort, wo bei anderen Leuten eine Spielekonsole stand, fand man bei ihm nur ein großes Bücherregal, voll mit wissenschaftlicher Lektüre.
Nach dem Abendessen setzten sich alle wieder ins Wohnzimmer und Norman kam nicht umhin, wieder von seiner Arbeit anzufangen.
Es war erfüllend für ihn, diese Themen zu erforschen, davon zu erzählen und es andere zu lehren. Er war

heilfroh, dass er nicht als unzufriedener Fabrikarbeiter irgendwann mit geschundenem Körper in Frührente gehen musste.
Tom kam ihm zuvor: „Norman, Du hast nun so viel von Deiner Arbeit geschildert, aber Du bist doch nicht Forscher geworden, um die Geheimnisse der Bibel zu ergründen, oder doch? Was macht Ihr noch mit Eurer Energieumwandlung?"
Norman ließ sich nicht zweimal bitten: „So Einiges! Es geht nicht nur um meine persönlichen Fragen, die ich gerne beantwortet haben möchte, sondern um viel größere Dinge. Zum Beispiel im medizinischen Bereich haben wir ein Projekt, bei dem wir herausfinden möchten, welche Energie es ist, die uns umgibt und am Leben erhält. Es ist nicht nur das Herz, das unser Blut durch die Adern pumpt. Würde man versuchen, eine mechanische Pumpe zu bauen, die eine Flüssigkeit wie Blut durch so eine große Anzahl von Adern und Venen pumpen müsste, so viele Meter, so winzig kleine Gefäße, das wäre mit einem kleinen Gerät wie unserem Herzen gar nicht möglich. Die Pumpe müsste um ein Vielfaches größer sein, um diese Leistung erbringen zu können. Warum schafft unser kleines Herz das? Da muss es eine andere Energie geben, die mithilft."
Tom war irritiert. So eine Antwort hätte er nicht erwartet. Medizin? Energie? Wieder etwas, woran er nicht so recht glauben wollte.
Ellen dagegen fand alles, was Norman andeutete, sehr interessant. Es gefiel ihr, dass Norman sich mit Dingen beschäftigte, die der Menschheit einmal große Dienste leisten würden.
Tom dagegen hatte eher etwas erwartet, wo er mitreden könnte, aber da müsste es schon um Computer gehen, oder um Autoteile. Tom hätte es gern gesehen, wenn Norman in der Automobilforschung tätig gewesen

wäre, da gab es genug zu erfinden und zu entwickeln. Aber diese Energie-Geschichten waren für Tom einfach zu abstrakt. Für ihn war Benzin oder elektrischer Strom das, was er als Energie bezeichnete.
Plötzlich fühlten sie sich einander wieder völlig fremd. Norman, der eigentlich noch ein kleiner Junge sein sollte, schulmeisterte über Energie und wollte seine eigenen Eltern belehren. Sie hätten sogar ein Bier oder einen Wein zusammen trinken können. Das war eine sonderbare Vorstellung für Tom und Ellen.
Und in seiner Euphorie sprudelte Norman weiter über vor Schilderungen seiner Arbeit: „Unsere größte Herausforderung ist es, die Energie der Materie umzuwandeln in eine andere Form, in eine Form, in der sie sich an einen anderen Ort verschicken lässt und dort wieder in ihre Ursprungsform zurückgeformt wird", dozierte er.
Jetzt wurde es Tom aber zu bunt. „Du willst mir erzählen, dass Ihr Dinge an einen anderen Ort beamen wollt, wie bei Raumschiff Enterprise? Das ist doch lächerlich!"
Ellen schaute Tom erschrocken an. Sie war bestürzt, dass Tom so respektlos auf Normans Ausführungen reagierte. Aber Norman ließ sich davon überhaupt nicht aus der Ruhe bringen. Er war es sichtlich gewohnt, mit Kritikern umzugehen.
Völlig selbstsicher fuhr er fort. „Wenn es möglich ist, Schallwellen in Strom umzuwandeln, also in elektrische Energie, dann um die halbe Welt zu schicken und danach wieder genau in die Ausgangsform zurück zu wandeln, warum sollte es dann nicht auch mit anderen Energien funktionieren? Wir verwandeln elektrische Energie in Wärme oder in Bewegung. Oder Geräusche in Radiowellen und durch Lautsprecher wieder in Geräusche, also Schallwellen. Was sollte dagegen sprechen,

Energiewirbel, die sich zu fester Materie geformt haben, umzuformen?“

Damit konnte Tom gar nichts mehr anfangen, das war ihm zu verrückt und er spottete provokativ: „Na klar, ich kann eine Atombombe nehmen und mit dieser Energie alles in Schutt und Asche legen, dann habe ich auch alles verwandelt und irgendjemand muss es dann alles wieder aufbauen, also zurückwandeln.“

Seine Stimme klang erregt und ironisch.

Ellen ermahnte ihn: „Tom, nun lass Norman doch ausreden!“

Tom bemühte sich augenblicklich, Ruhe zu bewahren, aber es fiel ihm schwer, an etwas zu glauben, was er nicht sehen und anfassen konnte.

In Norman blitzten Erinnerungen auf: Er kannte es noch gut, von seinem Vater kritisiert zu werden. Schon als Kind hatte er Ideen, die Tom ihm ausreden wollte. Oft bekam er die Antwort, dass so etwas nicht ginge und dass es Unsinn wäre.

Als Norman ungefähr acht Jahre alt war, musste er einmal mit seinem Vater zur Arbeit mitfahren. Dort konnte er sehen, was es alles für Autoteile von den Zulieferern gab. Auf einem Bild sah er die Funktionsweise von Federung und Stoßdämpfern. Das erinnerte ihn an ein Magnetspielzeug und es kamen ihm gleich die ersten Ideen. Er stellte sich vor, dass man die Federelemente im Auto mit zwei abstoßenden Magneten bauen könnte. Sein Vater hatte es damals ohne weiteren Kommentar als Quatsch abgetan.

Als sie einmal in den Urlaub gefahren waren und es geregnet hatte, dachte Norman darüber nach, warum ein Scheibenwischer immer hin und zurück schwingt. Er stellte sich vor, dass der Wischer besser immer ganz um das Auto herum wischen sollte, damit man hinten und an der Seitenscheibe auch gut sehen könnte.

Das erzählte er seinem Vater aber erst gar nicht. Er wollte keine entmutigende Antwort darauf und so behielt er es für sich.
Er hatte noch viele Ideen für Autos. Als sie einmal fast einem anderen Auto hintendrauf gefahren waren, dachte Norman darüber nach, dass die Bremsleuchten anzeigen müssten, wie stark ein Auto gerade bremst. Zum Beispiel mit drei Bremslichtern nebeneinander. Wenn man schwach bremst, geht nur eines an und je stärker man bremst, umso mehr Lichter müssten leuchten.
Während andere Kinder sich überlegten, wie sie ihren Highscore im Computerspiel erhöhen konnten, dachte sich Norman technische Verbesserungen für sein Fahrrad und für Autos aus. Mit acht oder neun Jahren war es ihm nur noch nicht möglich, diese auch umzusetzen.
Aber eines Tages wollte er das alles bauen. Doch er schrieb seine Ideen nicht auf, und so waren sie irgendwann in Vergessenheit geraten. Zu viele neue Ideen kamen täglich hinzu. Doch in diesem Augenblick musste er daran denken.
Ellen war ungeheuer stolz auf ihren Sohn und sie freute sich, dass Norman sich mit solch außergewöhnlichen Dingen beschäftigte. Sie glaubte selber ein wenig an Telepathie.
Und auch dazu hatte Norman einiges zu erzählen. Er war sich sicher, dass er mit seiner einzigen Pflanze telepathisch kommunizieren konnte. Die Pflanze stand am Wohnzimmerfenster und war Ellen durch ihre einzigartige Schönheit schon aufgefallen.
„Eine wunderschöne Blume hast Du da. So eine habe ich noch nie vorher gesehen."
Norman mochte es, dass seine Mutter die Blume bemerkt hatte. „Es ist meine einzige. Sie ist ein Überbleibsel eines Versuchs, in dem wir klären wollten, ob

Pflanzen auf menschliche Liebe reagieren. Vor ungefähr vierzig Jahren wurden Experimente gemacht, in denen festgestellt werden sollte, ob Pflanzen besser wachsen, wenn man mit ihnen spricht. Unter Laborbedingungen ließ man in zwei getrennten Räumen die gleichen Pflanzen in gleicher Anordnung positionieren. In dem einen Raum blieben sie bei absoluter Ruhe, in dem anderen Raum wurden über Lautsprecher Märchen erzählt und klassische Musik abgespielt. Ein stümperhafter Versuch, wie ich finde. Die haben völlig den Sinn verfehlt. Damals hieß es angeblich, dass die Schallwellen die Pflanzen zu besserem Wachstum stimulieren würden. Das Ergebnis des Versuchs zeigte aber keinerlei Unterschiede. Ob mit oder ohne Ton, alle Pflanzen wuchsen gleich. Und somit war bewiesen, dass es Unsinn wäre, mit Pflanzen zu sprechen. Dann gab es Leute, die behaupteten, dass beim Sprechen mit Blumen das ausgeatmete Kohlendioxyd für besseres Wachstum sorgen würde."

Ellen hörte sofort an Normans nörgelndem Unterton, dass er anderer Meinung war.

„Wir haben den Versuch wiederholt. Gleiche Pflanzen, drei gleiche Räume, gleiches Licht und auch genau gleiche Zusammensetzung der Umgebungsluft. Wir haben sogar empfindlichste Messgeräte angeschlossen, die uns alle Veränderungen aufgezeichnet haben. Aber eines haben wir anders gemacht: Schallwellen aus Lautsprechern gab es bei uns nur in einem Raum. Wir haben eine alte Frau gebeten, uns zu helfen. Wir haben eine ehemalige Gärtnerin ausfindig gemacht, von der wir erfahren haben, dass sie alle Arten von Pflanzen über alles liebte. Diese Frau sollte sich um die Pflanzen in dem dritten Raum kümmern. Sie war begeistert von der Artenvielfalt und wir haben ihr versprochen, dass wir ihr die ganze Pracht nach dem Experiment nach Hause liefern würden. Sie liebte ihre neuen Exemplare vom ersten Tag an. Von den Pflanzen in den anderen Räumen wusste sie nichts. Sie sprach mit den Blumen, sie betete für sie und schaute sie stundenlang an. Jeden Tag kam sie ihre neuen Lieblinge für mehrere Stunden besuchen und wartete schon ungeduldig auf das Ende des Versuchs, damit sie sie endlich mit nach Hause nehmen konnte. Nun ratet mal, wie das Ergebnis aussah?"

Norman sah seine Eltern erwartungsvoll an: „Die Pflanzen in den beiden ersten Räumen waren nahezu gleich. Die Pflanzen der alten Frau jedoch waren deutlich besser gewachsen. Sie waren schon nach vier Wochen messbar größer, stärker und prächtiger in den Farben. Für uns war das der eindeutige Beweis, dass es nicht auf einfache Beschallung ankommt. Also reden allein genügt nicht! Es ist ganz klar die Emotion. Unsere Blumen reagieren auf Liebe. Nur die Energie, die wir ausstrahlen und der Blume entgegenbringen, lässt sie reagieren, nicht irgendein Geplapper aus der Stereoanlage."

Ellen fühlte sich in ihrer Meinung bestätigt. Sie redete auch manchmal mit ihren Blumen. Tom belächelte das und wollte von solchem Schnickschnack lieber nichts wissen.

Norman blickte auf die Uhr. „Oh, es ist schon spät geworden! Lasst uns langsam schlafen gehen. Morgen früh bin ich für zwei Stunden in Welkina und halte einen Vortrag. Ich werde aber danach direkt wieder nach Hause kommen. Falls Ihr schon wach seid, wisst Ihr ja nun, wo alles zu finden ist. Ich lasse frische Brötchen liefern. Wartet nicht mit dem Essen auf mich. Und nun: Gute Nacht und schlaft gut!"

Tom und Ellen fühlten sich sehr wohl in Normans Haus. Besser als im Hotelzimmer. Hier hatten sie keine Angst mehr, dass die Nacht unvorhergesehene Überraschungen mit sich bringen würde. Das Einschlafen fiel ihnen an diesem Abend viel leichter.

Aber Ellen hatte einen eigenartigen Traum. Um vier Uhr morgens wachte sie auf und versuchte, sich an alle Details aus ihrem Traum zu erinnern. Er fing damit an, dass es an einer Haustür klingelte. Ellen wollte Tom wecken, doch er reagierte nicht, er war einfach nicht wach zu kriegen.

Es klingelte wieder, aber es war ein sehr seltsamer Klingelton für eine Haustür. Nun überlegte Ellen, ob sie aufstehen sollte, um nachzusehen, wer da sei. Erst zögerte sie. Es fiel ihr schwer, sich zu bewegen.

Doch dann klingelte es ein drittes Mal und Ellen spürte den unwiderstehlichen Drang zu erfahren, wer dort so hartnäckig an der Tür um Einlass bat. Schwerelos schwebte sie zur Tür.

Aber als sie öffnen wollte, war die Tür schon auf und eine kleine, alte Frau stand plötzlich vor ihr. Sie hatte weißes, fast silbernes, langes Haar und unheimlich leuchtend blaue Augen. Draußen war es noch dunkel und auch der Lichtschalter im Hausflur brachte nicht die erhoffte Helligkeit. Eine schummrige Funzel an der Decke brachte gerade so viel Licht, dass man sehen konnte, wo die Tür zum Wohnzimmer war. Die alte Frau lächelte Ellen an und nahm ihr damit jede Angst.

Beide glitten nun lautlos ins Wohnzimmer. Es war, als kannte die Frau sich dort genau aus. Dann sagte sie – allerdings ohne den Mund zu bewegen – mit kratziger Stimme: „Frau Stein, es freut mich sehr, Sie kennenzulernen. Ich kann alle Menschen sehen, aber Sie habe ich hier noch nie gesehen. Sie müssen von weit her kommen. Norman hat mir von Ihnen erzählt. Ihr Mann sollte Norman mehr freie Hand lassen, er ist ein tüchtiger, ehrgeiziger Junge, der viel erreichen wird. Er ist auf dem richtigen Weg.“

Ellen freute sich, diese Worte zu hören und wollte sich spontan mit einer freundlichen Umarmung bedanken.

Aber genau in diesem Moment verblasste die alte Frau und verschwand dann ganz. Ellen konnte ihr zufriedenes Lächeln nicht mehr vergessen.
Im nächsten Moment fand Ellen sich neben Tom in ihrem Gästebett wieder und schlief sofort weiter.

Am nächsten Morgen beim Aufwachen schwirrten Ellen noch Fetzen ihres Traumes durch den Kopf, es war ihr alles so real erschien. Immer wieder blitzte ein Bild der alten Frau vor ihrem inneren Auge auf.
Norman war bereits unterwegs nach Welkina, aber wie versprochen lagen leckere, frische Brötchen vor der Tür.
Nach einem gemütlichen Frühstück hatte Tom das Verlangen, etwas spazieren zu gehen. Ellen wollte aber lieber im Haus auf ihn warten.
Und so ging Tom aus dem Haus, einfach drauf los, die Straße entlang. Doch als ihm ein paar Leute entgegen kamen, fühlte er sich ungewöhnlich beobachtet. War es Einbildung oder schauten alle auf ihn? Er blickte an sich herunter, ob er vielleicht nicht die richtige Kleidung gewählt hatte, aber er fand nicht, dass er anders aussah als die anderen Leute. Doch je mehr Menschen ihm entgegen kamen, umso unbehaglicher wurde es ihm und schließlich drehte er um und ging zügig mit großen Schritten wieder zurück zum Haus.
Ellen öffnete ihm die Tür. „Na, das war ja ein kurzer Ausflug."
„Ja, ja, die Gegend gefällt mir nicht so richtig", entgegnete Tom mürrisch. „Ich möchte lieber zu uns nach Hause, ich will mein altes Leben zurück. Das ist doch alles irre hier. Und ich will endlich, endlich wissen, was mit uns passiert ist und wie es weitergehen soll!"
Ellen nahm Tom spontan in den Arm und drückte ihn ganz fest an sich.
„Was auch immer das Schicksal mit uns angestellt hat, es wird schon alles gut werden. Davon bin ich überzeugt. Alles hat einen Sinn, wir werden ihn noch herausfinden, glaube mir."
Ellens tröstende Worte taten Tom gut, er beruhigte sich ebenso schnell wie er aufgebraust war und in diesem Moment wurde ihm glasklar, dass ihn nichts, aber auch

gar nichts erschüttern könnte, so lange er seine geliebte Frau Ellen an seiner Seite hatte.
Er hielt sie ganz fest und bedankte sich bei ihr.
„Nun haben wir schon zwei Nächte in dieser neuen Welt verbracht und jedes Mal hatte ich die Hoffnung, dass wir aufwachen und alles wieder ist wie früher, aber es scheint, dass wir für immer hier gefangen bleiben und alles Wirklichkeit ist. Es ist so unvorstellbar. Meinst Du, dass schon viele Menschen auf diese Weise verschwunden sind?“
Ellen wusste zwar keine Antwort, aber sie wollte weitere aufmunternde Worte finden.
„Ich weiß nicht, ob es ein Zurück geben wird, aber ich weiß, dass wir noch leben und das Beste daraus machen werden. Und Norman ist ja auch noch da. Es wird schon irgendwie gut.“
Tom brauchte diese Worte, sie taten ihre Wirkung.
Weil sie nichts mit ihrer Zeit anzufangen wussten, schauten sie sich Hand in Hand noch etwas in Normans Haus um, ohne aber irgendwelche Schubladen oder Schränke zu öffnen, denn schnüffeln wollten sie nicht. Nur die Neugier war groß.
Dann begann Ellen, das Mittagessen vorzubereiten, so wie sie es von zu Hause gewohnt war.
Kurz darauf kam Norman auch schon zurück und fragte seine Eltern, ob sie gut geschlafen hätten und sonst alles okay sei. Er wollte Ellen gerne helfen und bereitete einen Nachtisch aus frischen Früchten zu.
Als die beiden so harmonisch in der Küche nebeneinander arbeiteten, fiel Ellen plötzlich ihr Traum wieder ein und sie erzählte ihn Norman. Er hielt in seinen Schnipseleien inne und hörte aufmerksam zu. Dann unterbrach er Ellen in ihrem Redefluss und hakte noch einmal nach, wie die alte Frau genau ausgesehen hatte.

Nun aber war das Essen fertig, Tom hatte den Tisch gedeckt und alle aßen ohne viel zu reden. Nur Tom lobte Ellen für ihre tollen Kochkünste.
Beim Nachtisch jedoch kam Norman erneut auf Ellens Traum zu sprechen und fragte wieder nach der alten Frau. Als Ellen sie ihm in allen Details, die ihr noch vor Augen waren, beschrieb und dann noch erzählte, dass sie eine kratzige Stimme hatte, bekam Norman große Augen.
„Hat sie ihren Namen gesagt?“, fragte er gebannt.
„Nein, leider nicht. Oder ich erinnere mich nicht daran.“
„Aber so, wie Du sie beschrieben hast, kommt sie mir sehr bekannt vor. Das könnte Frau Buchela gewesen sein. Wir hatten vor einiger Zeit eine angesehene Wahrsagerin eingeladen, an unseren Experimenten teilzunehmen. Sie hat uns einige erstaunliche Ergebnisse gebracht. Wir wollten wissen, wie sie es macht, die Zukunft vorherzusehen. Und sie konnte auch sehen, was in anderen Teilen der Welt gerade vor sich geht. Das war kein dummes Gerede, wir haben es wirklich wissenschaftlich beweisen können. Und diese Frau heißt Buchela“, schloss Norman.
Ellen hatte Kaffee gekocht. Sie nahmen ihre Kaffeetassen mit ins Wohnzimmer und setzten sich gemütlich zusammen.
Norman erzählte mit Begeisterung von seiner Arbeit mit Frau Buchela. „Wir haben mehrere Versuche durchgeführt, die beweisen sollten, dass es der Frau möglich war, die nahe Zukunft zu sehen und auch von Ereignissen zu berichten, die an einem weit entfernten Ort stattfinden. Alles wurde genau vorbereitet und dokumentiert, damit hinterher niemand irgendwelche Zweifel anbringen könnte. Dazu haben wir Frau Buchela in ein Zimmer gebracht, das nur mit einem bequemen Stuhl und einem Tisch ausgestattet war. Dazu ein paar

technische Geräte, um ihr Wohlbefinden zu überwachen und dann noch zwei Aufzeichnungsgeräte, und zwar Hochgeschwindigkeitskameras. Mit Einverständnis von Frau Buchela wurde der Raum verschlossen, so dass niemand hineinkonnte. Ich selbst konnte mich nur über Lautsprecher mit ihr verständigen und es wurde auch sichergestellt, dass niemand etwas vorsagen konnte. Die Sprechanlage war mit Kabeln installiert, nicht über Funk. Ihr seht: alles war penibelst abgesichert."

Norman blickte seine Eltern Zustimmung heischend an. Beide nickten zögerlich.

„Wir wollten uns nicht blamieren und irgendeinen noch so kleinen Fehler machen. In einem anderen leeren Zimmer in der Uni haben wir verschiedene geometrische Figuren aufgebaut. Das haben Mitarbeiter gemacht, die überhaupt keinen Kontakt zu Frau Buchela hatten. Nicht einmal ich wusste, was dort aufgebaut wurde. Die Kollegen haben nichts verraten. Das habe ich wirklich erst nach dem Experiment erfahren", betonte Norman nachdrücklich.

„Damit alles an einem Tag erledigt werden konnte, haben wir mit einer Partneruni in Wien zusammengearbeitet. Dort sollten Mitarbeiter genau um 13:00 Uhr bestimmte Zahlenkombinationen auf eine Tafel schreiben, die auch in einem sonst leeren Raum stand. Nur wenige ausgewählte Mitarbeiter wussten überhaupt von unserem Versuch. Und dann ging es los", Norman machte eine kleine Pause, um die Spannung zu steigern.

„Über Lautsprecher fragte ich Frau Buchela nach den Figuren in besagtem Raum. Wir überwachten ihren Puls und fast alle anderen Körperreaktionen. Frau Buchela wurde ganz ruhig, ihr Puls ging merklich langsamer und ihre Temperatur sank genau um null Komma vier Grad ab. Dann wurden alle Werte wieder genau wie vorher und sie erklärte mir sachlich, was sie in dem Versuchsraum gesehen hatte. Die Kollegen hatten einige Symbole auf den Boden gelegt, alle in verschiedenen Farben und in einer Ecke hatten sie eine Schaufensterpuppe platziert. Ich weiß nicht, wie sie auf diese eigenartige Idee gekommen sind, aber Frau Buchela beschrieb mir den Raum detailgetreu und ich habe ihn mir später angesehen. Ob Ihr das jetzt glaubt oder nicht: Es stimmte jede Einzelheit!"

Norman sah sie triumphierend an.

„Und es ging so weiter! Um 12:30 Uhr fragte ich Frau Buchela nach der Zahlenkombination, die unsere Kollegen in Wien ja zu dieser Zeit noch gar nicht aufgeschrieben hatten. Ich nannte ihr die Adresse und auch die Zimmernummer. Und sie diktierte mir eine lange Zahl. Als ich hinterher alles kontrolliert habe, stellte sich heraus, dass es genau die korrekte Zahl war. Die Zahlenkombination selbst hatte sich aber erst um kurz vor 13:00 Uhr irgendjemand ausgedacht und dann auf die Tafel geschrieben."

Norman schwieg wieder einen kurzen Moment.

„Alle Aussagen unserer Test-Wahrsagerin waren zutreffend. Alle Beteiligten waren mehr als erstaunt. Für uns war das ein wissenschaftlicher Beweis, dass es möglich ist, etwas zu sehen, das räumlich von uns getrennt ist und auch zeitlich noch nicht geschehen ist."

Ellen war völlig fasziniert, Tom fand sich erneut in einem Dilemma: Er wusste nicht recht, wie er mit diesen neuen Fakten umgehen sollte. Er glaubte eigentlich nicht an Wahrsagerinnen und solche Sachen, aber nun gab es ja scheinbar einen Beweis ...

Ellen aber wollte noch mehr wissen: „Habt Ihr die Frau denn mal gefragt, wie sie das gemacht hat?"

„Ja, natürlich, aber das ist mit Worten nicht so einfach zu erklären. Sie sagte uns, dass sie sich in eine Art Trance versetzt und dann ihren physischen Körper verlassen

hätte. Im Nachhinein ärgere ich mich. Wir haben das Experiment so gut vorbereitet, an alles Mögliche haben wir gedacht, alle Sicherheitsmaßnahmen ergriffen, aber eines hatte ich doch vergessen: Erst nachdem sie mir verraten hatte, dass sie ihren Körper verlassen hat, ist mir eingefallen, dass ich während des Versuchs ihr Gewicht hätte überwachen sollen."
Ellen verstand nicht genau, wieso das wichtig sein könnte, denn eine andere Frage beschäftigte sie: „Wie ist es zu erklären, dass sie die Zahlenkombination wusste? Die gab es doch noch gar nicht! Und wenn sie eine Wahrsagerin ist, wie kann sie die Zukunft sehen? Meinst Du, es ist alles schon festgeschrieben und nicht mehr veränderbar?"
Norman erinnerte sich an die weiteren Ausführungen von Frau Buchela, denn auch er hatte ihr ganz ähnlich geartete Fragen gestellt.
„Ich glaube nicht, dass die Zukunft unveränderbar ist, ganz im Gegenteil. Vielleicht gibt es dafür sogar die Wahrsager, damit man etwas zum Guten wenden kann, bevor es geschehen ist. Frau Buchela hat versucht, es mir zu erklären. Für sie war es eine ganz natürliche Sache. Sie sagte, dass sie ihren Körper verlassen würde und somit in eine zeitlose Zone gelangen könnte. Ich erinnere mich genau: ‚Es gibt keine lineare Zeit', sagte sie. Nur wir Menschen würden das so wahrnehmen. Sie reise einfach etwas voraus, schaue sich die Zahlen an und käme wieder zurück, fertig. Das hat bei mir natürlich wieder viele weitere neue Nachfragen aufgeworfen. Und wir haben eine ganze Reihe Versuche dazu gemacht."
Norman präzisierte seine Aussagen: „In der Natur konnten wir beobachten, dass Pflanzen auch eine Art Voraussicht haben. Wenn Unheil droht, wissen die Pflanzen es rechtzeitig. Wir experimentieren gerade an einem Erdbebenfrühwarnsystem. Bestimmte Blumenarten sollen

ankündigen, wann etwas Schlimmes droht. Diese Versuche sind nicht ganz einfach, weil wir hier in einer relativ sicheren Gegend leben. Aber dass Pflanzen und Tiere viel sensibler reagieren als Menschen, das ist schon lange bekannt. Wir müssen nur noch die richtigen Systeme erfinden, um das zu nutzen. Vielleicht sollten wir zivilisierte Menschen einfach mal etwas mehr von den wenigen noch lebenden Indianern abschauen. Die leben im Einklang mit der Natur, so etwas können wir uns gar nicht mehr vorstellen. Heute leben wir doch nur noch im Einklang mit den Computern."

Norman wollte so gern die Menschheit zur Besinnung bringen. Ihm kam es so vor, als liefe fast jeder mit stumpfem Blick durch die Stadt, immer verkabelt, den Blick auf irgendwelche Geräte, die Wahrnehmung auf die Medien fixiert.

Die Natur war offensichtlich längst zur Nebensache geworden. Im Park sah man nur wenige, meist ältere Leute.

Tom war nachdenklich geworden. Er fühlte sich ertappt, denn auch er hatte es vernachlässigt, die Natur zu genießen.
Dabei erinnerte er sich lebhaft an seine Kindheit, in der er mit seinen Freunden oft stundenlang einfach über die Felder gelaufen war und immer irgendwelche interessanten Entdeckungen gemacht hatte. Manchmal hatten sie Scherben von alten Tontöpfen gefunden und dann hatten sie sich gemeinsam ausgemalt, ob dort wohl mal ein Haus gestanden hatte und wer dort wie gelebt hatte. Manchmal fanden sie Knochen und rätselten, ob sie von Menschen sein könnten.
Seinen größten Schatz fand Tom, als er mit seinen Freunden am Bach gespielt hatte. Eine französische Münze aus dem Jahre 1916. Auf der einen Seite stand 50 CENTIMES und eine Pflanze war darunter abgebildet, auf der anderen Seite war eine Frau mit langen Haaren zu sehen, die vor einer aufgehenden Sonne Samen verstreute. Niemals würde Tom diese Münze hergeben.
Manchmal stellte er sich vor, wer sie wohl verloren haben könnte, und ob der Bach sie dort hingespült hatte oder der Besitzer sie direkt im Wald verloren haben könnte. Und wie lange sie da schon gelegen haben mochte?
Nur langsam begann Tom zu begreifen, dass Norman über so viel größere, umfangreichere Dinge nachforschte. Bis zu diesem Moment hatte Tom die Arbeit von Norman nicht recht wertschätzen können, doch als er an seine kleine Münze erinnert wurde, fing er an umzudenken. Es hatte ihn immer wieder beschäftigt, wo diese Münze wohl herkam und er hätte es zu gerne herausgefunden.
Und so allmählich wuchs sein Verständnis für Norman, der doch auch gerne Antworten auf seine vielen Fragen wollte und deshalb auf diesen Gebieten forschte.

Tom hatte in seiner Jugend meist alles so hingenommen, was seine Eltern ihm sagten, aber Norman wollte immer alles genau wissen und hinter die Kulissen schauen. Plötzlich kam Tom der Gedanke, dass Norman vielleicht die einzige Hoffnung wäre, um herauszufinden, was mit ihnen geschehen war. Warum waren Ellen und er dort gelandet und konnten sich beide an die letzten zwanzig Jahre nicht erinnern? Und warum waren sie nicht gealtert?
Aber noch wagte Tom nicht, diese Frage laut zu stellen. Ihm wurde klar, dass er von Norman erst noch viel mehr erfahren müsste, auch wenn es nicht gerade sein Interessengebiet war – oder gerade deswegen.
Die Erinnerung an seine französische Münze aber war der Anstoß, um ein klein wenig mehr Verständnis aufzubringen, warum Norman sich mit all diesen Dingen befasste und nun fiel es ihm wesentlich leichter, das zu respektieren und zu würdigen.
Tom nahm sich fest vor, nicht mehr so provokative Fragen zu stellen, sondern nur noch ernst gemeintes Interesse zu zeigen, ansonsten einfach ruhig zu bleiben.
Er dachte viel darüber nach, wie ihr Leben wieder in normale Bahnen gelenkt werden könnte und da fiel ihm gleich die erste ernste Frage ein.
„Norman, was meinst Du, kann ich überhaupt wieder in meinem alten Beruf Arbeit finden? Ich meine, wir haben zwar noch einiges Gespartes, aber auf Dauer werden wir wieder Geld verdienen müssen, wir können ja nicht ewig bei Dir wohnen und auf Deine Kosten leben."
Norman war sehr erstaunt, dass sein Vater in dieser Situation schon so weit vorausschaute und sich um die Zukunft sorgte.
„Die Firma, in der du damals gearbeitet hast, existiert zwar noch, aber um dort wieder einsteigen zu können, wirst Du einige Fortbildungen machen müssen. Heute

geht es nicht mehr um Auspuffanlagen und Stoßdämpfer. Du wirst auch kaum noch eine 12-Volt-Batterie oder Verschleißteile verkaufen. Heutzutage geht es eher um Systeme. Ich glaube schon, dass Du in Deinem Bereich eine gute Basis hättest, man könnte Dich dort sicherlich brauchen, aber wie gesagt, Du wirst viel dazulernen müssen. Und übrigens, die entwickeln auch elektromagnetisch gesteuerte Federungssysteme für Geländewagen. Ich weiß nicht mehr genau, ob ich Dir schon mal von so etwas erzählt habe. Ach, dabei fällt mir ein, Euer Auto steht ja noch bei der Polizei. Wenn Du möchtest, können wir es holen. Ich denke, wir sollten auch dem Herrn Sternal Bescheid sagen, nicht, dass er denkt, Ihr wollt wieder ... naja“, Norman errötete und verstummte.

Tom war erfreut. Es war doch ein besseres Gefühl, ein eigenes Fahrzeug zur Verfügung zu haben. Also fuhren die drei kurzentschlossen zusammen zum Polizeirevier. Norman versicherte den Beamten, dass seine Eltern vorerst bei ihm wohnen und sie das Auto mitnehmen würden.

Kommissar Felten war nicht unglücklich darüber, denn vor der Tür war er schon zwei Mal auf diesen Wagen angesprochen worden. Oldtimer waren sehr beliebt. Und dann noch einer in diesem perfekten Zustand.

Als Tom und Ellen in ihr Auto steigen wollten, fanden sie eine Visitenkarte am Scheibenwischer. Auf der Rückseite stand in Handschrift:

Ich habe großes Interesse an Ihrem Auto. Bitte rufen Sie mich an, ich bin Sammler, kein Händler.

Tom hatte noch lange nicht vor, den Wagen zu verkaufen. Dennoch warf er die Karte nicht einfach auf die Straße, er legte sie vorsorglich ins Handschuhfach.

Zurück bei Norman durfte Tom sein Auto in die Garage stellen. Norman war der Meinung, dass es nur unnötige

Blicke auf sich ziehen würde, wenn es vor der Tür stünde.
Ellen überlegte, wie es wohl wäre, wieder im eigenen Haus zu wohnen, obwohl es ihr bei Norman gut gefiel. Aber sie wollte ihm nicht zur Last fallen.
„Norman, meinst Du, wir sollten in unser Haus zurückziehen?"
„Ihr könnt selbstverständlich gerne hier bleiben! Ich habe doch Platz genug! Wenn Ihr aber lieber wieder rüber wollt, dann sollte das auch kein Problem sein. Moment, ich gebe Euch direkt mal die neuen Schlüssel. Ich habe nämlich irgendwann das Schloss austauschen lassen. Ich wusste ja nicht, wer die alten Schlüssel in die Finger bekommen hat."
Tom unterbrach ihn. „Oh, den Schlüssel kannst Du entsorgen. Wir waren nämlich mit Herrn Sternal dort und auch wir haben das Schloss tauschen lassen. Also gebe ich Dir einen neuen!" Beide lachten.
„Na gut, wir können auch gerne gleich mal rüberfahren und alles herrichten. Aber am besten rufe ich zuerst bei den Stadtwerken an und lasse Strom und Wasser wieder anschalten. Das sollte innerhalb von ein paar Stunden dann schon funktionieren, die sind da sehr schnell. Mit der Rechnung allerdings auch. Aber macht Euch bitte keine Sorgen, finanziell wird es keinerlei Probleme geben. Ich habe genug gespart und gebe Euch gerne alles, was Ihr braucht."
Das machte Tom verlegen. Noch benötigten sie zwar nichts, aber er wusste ja nicht, wie es weitergehen würde. Er wollte doch nicht finanziell vom eigenen Sohn abhängig sein! Sein Sohn, der es so weit gebracht hatte und auf den er so stolz war.

Etwas, das Norman eben gesagt hatte, machte Tom stutzig: Norman hatte das Türschloss tauschen lassen. Als Tom und Ellen das Haus verließen, war alles schon anders. Auch das Schloss war schon das neue. Sie mussten also nach dem Aufwachen im Wohnzimmer bereits in der neuen Zeit gewesen sein. Es war aber immer noch zu rätselhaft. Tom konnte keine Erklärung finden und versuchte, sich auf die Gegenwart zu konzentrieren. Aber die vielen unbeantworteten Fragen, das Ungewisse und auch das schlechte Gewissen, zwanzig Jahre nicht für Norman da gewesen zu sein, überzog jeden seiner Gedanken mit einem Schatten der Unruhe.
Ellen erging es ähnlich. Sie konnte nicht mehr als ein paar Minuten mit klarem Kopf die Gegenwart erleben. Immer wieder kamen ihr die Bilder von der Fahrt zu Bergers Haus in den Sinn. Und immer wieder der vergebliche Versuch, die Zeit zwischen damals und heute zu ergründen. Zwanzig Jahre konnten nicht einfach ohne Erinnerung vergehen.
Und schon gar nicht für zwei Menschen gleichzeitig. Ellen war sich sicher, dass auch keine zwanzig Jahre vorüber sein konnten, denn sie sah im Spiegel, dass sie keinen einzigen Tag älter geworden war.
Es verging kaum eine Sekunde, in der sie nicht an ihren neunjährigen Norman dachte. Sie hatte zwar noch die Hoffnung, dass dies alles eine Art Halluzination sein könnte und sie nach dem Schlafengehen aufstehen würde und sich in ihrer gewohnten Umgebung wiederfinden würde, aber wie es schien, sollten sie für den Rest ihres Lebens in dieser für sie so neuen Zeit gefangen bleiben.
Ellen war einmal mehr verwundert, dass Norman so gar nicht weiter nachfragte. Zwanzig Jahre hatte er sie nicht gesehen und sie sahen völlig unverändert aus – genauso wie an dem Tag, an dem sie verschwanden. Norman

müsste doch auch hierzu Fragen haben. Aber im Gegensatz zu seiner Forschungsarbeit schien er davon relativ unbeeindruckt und nahezu desinteressiert am Verbleib seiner Eltern zu sein.
Ellen dachte bei sich, dass ihr Junge doch zu sehr mit seiner Arbeit beschäftigt sei oder aber er wollte keine unangenehme Situation herbeiführen und fürchtete die Antworten.
Vielleicht auch, um neue Erkenntnisse zu gewinnen, stimmte Ellen bereitwillig zu, dass sie wieder zum alten Haus fahren und versuchen wollten, es bewohnbar zu machen.
„Na gut, dann nehmen wir etwas zum Putzen mit und los geht‘s! Aber wir fahren lieber mit meinem Auto“, bestimmte Norman. „Wir wollen ja nicht unnötig auffallen.“
Als sie in Normans Auto saßen, konnte Tom endlich seiner Begeisterung für den chicen Wagen nachgeben. „Du hast ja auch so einen modernen Schlitten! Wofür sind all diese Knöpfe? Ellen, lausch‘ mal, der läuft so ruhig wie ein Uhrwerk, aber es hört sich doch an wie ein leiser Verbrennungsmotor.“
„Das täuscht, Dad. Das Geräusch ist künstlich erzeugt, weil die vier Radmotoren einfach zu leicht zu überhören sind, hab‘ ich Euch ja schon erzählt.“
Aber dieses Mal ließ Norman keine gedrückte Stimmung aufkommen und fuhr fort: „Es gibt sogar gegen Aufpreis eine künstlich erzeugte Vibration, damit man das Gefühl hat, einen richtigen Verbrenner unter der Haube zu haben. Manche bestehen darauf!“
Norman lächelte bei dem Gedanken.
„Du siehst hier, eine Schaltung gibt es nicht mehr, aber jede Menge automatische Extras, die man ausschalten kann, um Strom zu sparen, wegen der Reichweite und so. Das meiste ist aber Spielerei. Irgendwann kaufe ich

mir auch mal einen Oldtimer, so einen richtigen spritfressenden V 8. Das ist mein Traumauto! Aber man muss schon ein paar Kilometer fahren, um überhaupt noch eine Benzintankstelle zu finden. Das lässt die alten Schätzchen aussterben. Die Politik steuert das aber so." Wehmut klang in Normans Stimme.
Ellen mischte sich ein: „Ihr und Eure Autos. Ich finde, er hat eine sehr angenehme Federung. Man merkt ja keinen Hubbel. Noch besser als die Franzosen."
Norman lachte wieder.
„Ja, die Franzosen waren da schon vor sechzig oder siebzig Jahren sehr fortschrittlich und einige dieser Ideen wurden in neue Systeme integriert."
Und Tom wollte noch wissen: „Norman, ich habe jetzt schon ein paar Autos gesehen, die gar keine Rückleuchten haben. Wie kann das denn sein?"
„Die Rückleuchten sind schon vorhanden, aber man kann sie nicht sehen, weil sie in der jeweiligen Wagenfarbe lackiert sind. Das sieht richtig gut aus. Der Lack ist transparent und man erkennt die Lichter erst, wenn sie eingeschaltet sind oder wenn man zum Beispiel die Bremse betätigt. Es gab auch schon Versuche mit einem leuchtenden Lack, aber das wurde nicht zugelassen, weil mangelnde Pflege die Leuchtwirkung derart beeinträchtigt, dass es nicht mehr sicher wäre."
„Und noch etwas: Ich habe heute früh so einen Quadrocopter fliegen gesehen. Werden damit Botengänge erledigt? Das war damals doch so mal geplant?", fragte Tom weiter.
Norman überlegte nicht lange. „Ja, es gab mal einige Lieferdienste, die ausprobiert haben, ihre Waren mit Drohnen auszuliefern. Aber es dauerte gar nicht lange, bis sich Hacker einen Spaß daraus gemacht haben, die Steuerfrequenzen zu erfassen und die Drohnen einfach umzuleiten. Sie haben die Waren dann teilweise abge-

fangen oder boshafterweise sogar abstürzen lassen. Eine Zeit lang sind hier ganz in der Nähe sehr viele Drohnen komplett verschwunden. Die Polizei hatte dann Köder ausfliegen lassen und ist einer Frau auf die Spur gekommen, die immer wieder Drohnen ferngelenkt zu ihrem Bauernhof gesteuert hat. Als die Polizei dann eine Hausdurchsuchung bei ihr durchführte, fanden sie mehrere Tausend Drohnen bei ihr im Keller und in der Scheune. Die Waren, die damit geliefert werden sollten, hatte die Frau unter verschiedenen Namen im Internet verkauft. Der Schaden ging seinerzeit in die Millionen."

„Das ist ja unglaublich", ließ sich Ellen vernehmen.

„Nun sitzt diese Frau doch sicherlich im Knast."

„Das sollte man meinen. Aber es stellte sich heraus, dass besagte Frau so ein fundiertes Fachwissen in Sachen Drohnen besaß, dass ein großer Konzern sie freigekauft und als Sicherheitsbeauftragte eingestellt hat, um die Technik weiterzuentwickeln. Trotzdem sind die meisten Lieferdienste vom Transport durch Drohnen abgekommen. Die unterirdischen Tunnelsysteme sind viel sicherer und umweltfreundlicher. Es gab auch einige Zusammenstöße mit den Drohnen in der Luft und kleinere Modelle sind sogar von Greifvögeln attackiert worden – stellt Euch das mal vor!", entrüstete sich Norman.

„Etliche Menschen hatten sich auch über diese umherfliegenden Objekte beschwert. Man kam sich immer so beobachtet vor. Die Drohnen haben keinen guten Ruf", schloss Norman.

Kurz darauf waren sie angekommen. Tom, Ellen und Norman gingen in ihr altes Haus. Diesmal zögerte niemand.
Norman zog sofort ein paar der Laken von den Möbeln herunter und legte sie zusammengefaltet in eine Ecke.
„Hier, ich habe den kleinen Akkusauger mitgenommen, lassen wir ihn mal seine Arbeit machen. Aber stolpert nicht über ihn, der ist ganz schön schnell."
Norman legte einen kleinen runden Staubsauger auf den Boden und schaltete ihn an. Sofort rollte das Gerät in geraden Bahnen durch die Zimmer und ließ kein Staubkörnchen übrig.
Ellen staunte kurz und machte sich dann mit einem Staubtuch über die Schränke her. Plötzlich ging im Flur von ganz alleine das Licht an. Tom erschrak so sehr, dass er fast rückwärts gegen die Wand gelaufen wäre.
„Aha, die Stadtwerke sind ja noch schneller als ich dachte", sagte Norman. „Der Strom ist schon da! Dann werde ich mal die Wasserhähne aufdrehen und die alte Brühe rausspülen."
Es rumpelte etwas in den Leitungen, aber nachdem einige Luftblasen die Wasserhähne wackeln ließen, floss wieder klares, sauberes Wasser in die Becken.
„Wenn Ihr wirklich hierbleiben wollt, müssen wir aber noch mal einkaufen. Die Schränke sind natürlich komplett leer. Nur ein Glas Honig und eine Packung Zucker habe ich hiergelassen. Ich wollte wissen, ob das wirklich unverderblich ist. Können wir jetzt gleich probieren." Norman grinste dabei so spitzbübisch, dass Ellen nicht wusste, ob sie ihn ernst nehmen sollte oder nicht.
Es dauerte gar nicht lange und alle hatten in gemeinsamer Arbeit das Haus wieder auf Vordermann gebracht. Der kleine Saugroboter ließ eine grüne Leuchte blinken, um damit zu bestätigen, dass er alle Winkel abgesaugt hatte.

Ellen war sehr beeindruckt, wie schnell und einfach das ging. „So einen möchte ich auch haben, der ist ja toll.“
„Bekommst Du vom Weihnachtsmann“, versprach Norman lachend.
„Jetzt könntet Ihr wieder hier wohnen, aber ich würde sagen, die nächste Nacht verbringt Ihr noch bei mir, wir haben ja auch noch gar nichts mitgenommen. Oder was meint Ihr?“
Tom und Ellen sahen sich kurz an und waren einverstanden. Es war richtig gewesen, das alte Haus wieder bewohnbar zu machen, aber sie wollten Norman noch nicht so schnell wieder alleine lassen. Also fuhren sie wieder mit zu ihm.

Als sie ankamen, stand gerade Normans Nachbarin an der Straße. Sie war nicht älter als fünfzig Jahre, aber ohne Stock fiel ihr das Laufen schwer.
Norman begrüßte sie. „Hallo, Frau Semrau, wie geht's?", fragte er, obwohl er die Antwort bereits wusste.
Mit jämmerlicher Stimme fing die Frau an zu klagen: „Ach, nicht so gut, die Beine wollen wieder nicht so richtig. Heute früh war ich beim Arzt, der hat gesagt ..."
Norman fiel ihr einfach kurzerhand ins Wort. „Das tut mir Leid, Frau Semrau, machen Sie es gut! Ich wünsche Ihnen nur das Beste, tschüss!", drehte sich um und ging behänden Schrittes zur Eingangstür.
Tom und Ellen kamen gar nicht so schnell hinterher. Ellen war zutiefst empört, dass Norman die arme Frau so unhöflich unterbrochen hatte.
„Norman, was war das denn?", fragte sie außer Atem. „Die hast du aber dreist abserviert! Magst Du Deine Nachbarin nicht?"
„Doch, doch, die ist schon in Ordnung. Nur, wenn ich mich jetzt auf ein Gespräch eingelassen hätte, dann würde sie Euch so schnell nicht mehr gehen lassen. Sie fängt dann immer an, von ihren ganzen Wehwehchen zu erzählen und findet kein Ende mehr. Sie braucht eigentlich gar keinen Arzt, sie braucht nur Mitleid. Anfangs habe ich ihr noch stundenlang zugehört, aber es hat dann echt Überhand genommen. Sie saugt die Leute regelrecht aus, sie ist ein wahrer Energie-Vampir. So hat sie alle ihre Freunde vertrieben. Jeden Tag redet sie sich irgendeine neue Krankheit ein. Sie ist einfach nicht zufrieden mit sich selber. Ich habe schon oft versucht ihr zu erklären, wie sie wieder mehr Freude und Gesundheit erlangen kann, aber das möchte sie gar nicht hören. Sie will lieber in ihrem Selbstmitleid ertrinken. Und ich wette, sie wird trotzdem uralt."

In diesem Zusammenhang fiel Norman ein guter Freund ein, von dem er gerne erzählte. „Ihr müsst unbedingt ganz bald Daniel kennenlernen! Der ist genau das Gegenteil von meiner Nachbarin. Er ist ein Freund von mir, der sich von keiner Krankheit unterkriegen lässt. Als ich ihn noch nicht so gut kannte, rief er mich eines Sonntags früh an und wollte mich besuchen. Ich hörte schon am Telefon, dass es ihm nicht so richtig gut ging. Und als er dann zu mir kam. war er total blass und schlapp. Er ist mit einem Migräneanfall aufgewacht und war kurz vor dem Erbrechen. Aber er wollte einfach nicht im Bett bleiben und das alles über sich ergehen lassen."
Norman schien in Gedanken nochmals diesen Morgen durchzuspielen.
„Wir haben einen starken Kaffee und ein gutes Frühstück gemacht und dann habe ich etwas gelernt, das ich vorher auch noch nicht kannte: Daniel hat alle paar Sekunden zu sich selber gesprochen. Er hat immer wieder gesagt, dass es ihm gut geht. Er sagte wie ein Mantra: ‚Mir geht es gut, mir geht es immer besser. Gesundheit ist mein natürlicher Zustand'. Und das hat er immer wieder gesagt und nach dem Essen haben wir einen Spaziergang gemacht. Erst ganz gemütlich und langsam. Aber dann wurden Daniels Schritte immer größer und schneller. Es ging ihm zusehends besser, so wie er es sich gesagt hat. Das hat gewirkt! Am Schluss sind wir sogar einige Kilometer gejoggt. Ich war ganz schön fertig, aber Daniel war voller Energie, der wollte am liebsten noch weiter laufen. Daniel hat da eine ganz einfache Methode. Er redet, was er denkt und er denkt, was er redet. Aber er achtet immer darauf, dass es nur Gutes ist."
Norman war sehr inspiriert von Daniels Methode. Er war überzeugt, dass es keine unheilbaren Krankheiten gäbe, nur unheilbare Menschen. Und auch seine Forschungen

richtete er insgeheim auf diese Überzeugung aus. Norman wollte immer alles wissenschaftlich beweisen, auch wenn es nicht nötig war. Aber auf andere Weise konnte man es nicht als allgemeingültig darstellen. Immer gab es Skeptiker und Kritiker, die Norman überzeugen wollte. Eine eigene Meinung und ein paar Beispiele reichten dafür nicht aus. Alles musste wissenschaftlich nachvollziehbar zu Grunde gelegt werden. Es sollten Prozesse erstellt werden, die jedermann ohne Vorkenntnisse anwenden könnte. Erst dann würden seine ungläubigen Kritiker Ruhe geben und keine Gegenargumente mehr finden können.

Deshalb war Norman auch so fasziniert von der unbeschreiblichen Überzeugungskraft seines Freundes.

Daniel hatte Ärzte und Wissenschaftler ins Grübeln gebracht. Das konnte Norman seinen Eltern nicht vorenthalten, das musste er berichten.

„Mein Freund Daniel ist so ein Tüftler, er baut Geräte und Maschinen, die den Alltag erleichtern sollen. Manchmal sind es Dinge, die die Welt nicht braucht, aber manchmal hat er so gute Ideen, dass man sich fragt, warum es so etwas nicht schon lange gibt. Als er vor fast einem Jahr an einer sehr komplizierten Küchenmaschine gearbeitet hat, ist ihm ein dummer Unfall passiert. Er verlor dabei den linken Zeigefinger zur Hälfte. Der Notarzt war zwar sehr schnell da, aber der Finger konnte nicht mehr gefunden werden. Das hat Daniel nicht einfach hingenommen. Er arbeitete wieder mit Autosuggestion.“

Norman nickte bekräftigend.

„Für ihn ist es eine ganz klare, natürliche Sache, dass alle Informationen seines Körpers in jeder einzelnen seiner Zellen vorhanden sind. Jede Zelle weiß, wie sein Körper auszusehen hat, und zwar gesund. Er brachte seine ganze Überzeugung auf und konzentrierte seine Energie

auf den Finger. Er sollte wieder nachwachsen. Sein Arzt hat versucht, es ihm auszureden, seine Familie hat ihn belächelt. Nur ich habe ihm geglaubt. Von da an hat er mir alle zwei Wochen den Fortschritt gezeigt. Ihr könnt es Euch vielleicht nicht vorstellen, aber ich erzähle Euch hier keine Märchen. Daniels Finger ist nach ein paar Monaten wieder komplett hergestellt gewesen. Er kann ihn bewegen und alles. Sieht aus wie immer, nur etwas heller. Er hat keine Schmerzen mehr und tüftelt weiter an seiner Maschine. Für ihn war dieser Unfall eine Art Warnung, das Gerät sicherer zu bauen, so hat er es mir erklärt. Daniel sagt, dass Krankheiten immer im Kopf anfangen. Ob man das so einfach verallgemeinern kann, weiß ich auch nicht, aber oft mag das zutreffen. Man sieht es ja an meiner Nachbarin."
Tom hatte auch einmal etwas Ähnliches erlebt, was Daniels Theorie untermauern könnte.
„Norman, da kommt mir ein ehemaliger Kollege in den Sinn, Dieter hieß der. Er war andauernd krank. Immer mussten wir für ihn mitarbeiten. Es war sehr ärgerlich! Eines Tages stellte sich heraus, dass er viel lieber Frisör sein wollte. Die Arbeit bei uns hat ihm überhaupt keinen richtigen Spaß gemacht. Aber seine Eltern haben ihn dort reingedrängt. Er sollte mal ganz hoch aufsteigen in dieser Branche, nur weil sein Vater so ein Autofan war und es selber zu nichts gebracht hatte. Aber Dieter wollte immer Frisör werden und sein Vater hat es nicht akzeptiert. Bei dem Dieter hatte ich immer den Eindruck, dass er sich selber krank gemacht hat, um nicht zur Arbeit gehen zu müssen. Irgendwann ist sein Vater gestorben und zu seiner Mutter hat er den Kontakt abgebrochen. Das hat er mir alles erzählt, kurz bevor er gekündigt hat. Von einem anderen Kollegen habe ich dann später erfahren, dass er tatsächlich in einem

Frisörsalon angefangen hat und dort mehr als glücklich war – und gesund!"

„Ja, siehst Du, Dad, genau so ist das! Wenn man etwas macht, was man nicht möchte, kann es schlimme Konsequenzen haben. Der Körper sucht sich dann schon einen Weg aus dieser Situation auszubrechen, das kann auch ein Unfall sein."

Und prompt erinnerte sich auch Ellen: „Na, dann ist mir auch klar, warum die Frau Beiersdorff, die bei uns schräg gegenüber wohnt, immer krank ist. Die ist doch so unglücklich mit ihrem Mann. Er ist sehr oft auf Reisen und sie ist die meiste Zeit allein zu Hause. Sie hat mir mal erzählt, dass sie immer Kinder wollte, aber ihr Mann dachte nur an seine Karriere. Ich bin ja nicht häufig beim Arzt, aber immer, wenn ich mal dort war, habe ich Frau Beiersdorff im Wartezimmer getroffen. Also ich kann mir schon vorstellen, dass viel vom Kopf her kommt."

„Tja, da seht Ihr mal! So wie es die guten Beispiele gibt, wie Daniel, so gibt es leider auch viel zu viele negative. Ein ganz extremer Fall ist hier in der Nähe aufgetreten. Eine Frau lag wegen Blinddarmentzündung im Krankenhaus. Unerwartet bekam sie die Diagnose, dass sie Darmkrebs hätte und nur noch ein paar Tage leben würde. Für sie und ihre Familie brach eine Welt zusammen. Es ging ihr Tag für Tag schlechter, bis sie nach kurzer Zeit tatsächlich starb. Doch wenige Tage später stellte sich heraus, dass jemand vom Pflegepersonal dummerweise Akten durcheinander gebracht hatte und diese Frau, die nun schon tot war, überhaupt nichts hätte befürchten müssen. Sie war bis auf die harmlose Blinddarmentzündung kerngesund. Ihren Tod hat sie selber herbeigeführt. Das wäre nie aufgefallen. Doch sie starb zu Hause und der Arzt konnte keine Todesursache feststellen. Deshalb wurde eine Obduktion durchgeführt, die dann die Ungereimtheiten ans

Licht brachte. Die Ablauforganisation in diesem Krankenhaus wurde daraufhin komplett überarbeitet, Pflegepersonal neu geschult und zum Teil entlassen. Wenn das jedem klar wäre, dass der eigene Glaube so mächtig ist, dann könnten viele Arztpraxen schließen. Und ein Krankenhaus würde Genesungshaus heißen."

Diese Idee fand Ellen besonders gut. „Ja, das würde mir gefallen. Mensch, Norman, ich glaube wir können noch eine Menge von Dir lernen, von unserem kleinen Norman."

Und wieder kam Ellen die Frage in den Sinn, wie das alles passieren konnte. Normalerweise sollte es doch so sein, dass Norman noch ganz viel von seinen Eltern lernen sollte und jetzt war es komplett umgekehrt.
Aber Ellen war sehr interessiert an allem, was Norman zu erzählen hatte. Sie überlegte, ob wohl eines Tages das Geheimnis der verlorenen zwanzig Jahre ans Tageslicht kommen würde. Vielleicht bald oder in einem Jahr. Vielleicht erst in zwanzig Jahren, oder aber möglicherweise niemals.
So sehr sie es auch versuchte, sie fand keinen einzigen Anhaltspunkt, der ihr weiterhelfen konnte. Zwanzig Jahre waren einfach vergangen, ohne ihre Anwesenheit. Wenn sie nicht genau gespürt hätte, dass Norman wirklich ihr eigener Sohn war, dann hätte sie alles für einen großen Betrug gehalten. Aber es war real. Die Veränderungen in der Stadt, der Fortschritt, alles war echt.
Tom grübelte immer öfter über seine berufliche Zukunft nach. Arbeitslos zu sein war undenkbar für ihn. Allerdings hatte er vor, diese neue Zeit noch etwas genauer kennen zu lernen. Wenn er sich bewerben würde, könnte er ja nicht erzählen, dass er zwanzig Jahre fort war. Niemand dürfte es merken. Das würde zu viele Fragen aufwerfen, die er nicht beantworten konnte.
Er spielte in Gedanken schon einige verschiedene Möglichkeiten durch. Er könnte ja im Ausland gelebt oder Jahre lang seine kranke Mutter gepflegt haben. Tom schüttelte impulsiv den Kopf und wollte diese Gedanken loswerden. Da klingelte es an der Tür.
Norman machte auf, aber Tom und Ellen waren neugierig mit in den Flur gekommen.
„Herr Sternal, hallo. Möchten Sie hereinkommen?“, begrüßte Norman den pensionierten Polizeibeamten höflich.

„Ah, Ihre Eltern sind hier. Frau Stein, Herr Stein … Ich weiß gar nicht, wie ich es sagen soll, aber ich muss Sie leider festnehmen“, sagte Sternal mit ernster Stimme.

Tom und Ellen erschraken furchtbar und fassten sich impulsiv an den Händen. Beide überlegten sofort, was sie denn nur getan haben könnten und was wohl auf sie zukommen würde? Hatte Sternal etwas über die zwanzig Jahre herausgefunden? Auch Norman war völlig fassungslos.

Sternal blickte in die entsetzten Gesichter und beeilte sich, lachend zu erklären: „Aber, aber! Entschuldigung, das war nur einer meiner makabren Scherze, ich bin doch gar nicht mehr in der Position, Sie festnehmen zu dürfen. Es ist alles in Ordnung!"

Alle waren sichtlich erleichtert, aber Tom nahm Sternal den bösen Scherz übel, trotz der schnellen Aufklärung.

Sternal räusperte sich verlegen: „Also weswegen ich eigentlich hier bin... Ich wollte gerne wissen, ob Sie schon Neuigkeiten haben. Und natürlich, ob es Ihnen gut geht."

Ellen antwortete spontan: „Neuigkeiten? Ja klar, jede Menge, nur leider keine, die uns verraten würden, wie wir hierhergekommen sind."

Tom grummelte: „Ich hatte ja für einen Moment die Hoffnung, Sie hätten etwas herausgefunden. Auch wenn Sie uns deswegen verhaften müssten."

Betretenes Schweigen. Norman rettete die Situation, indem er vorschlug, dass sie im Wohnzimmer alle zusammen Tee trinken sollten. Für Sternal war der Fall mit den verschwundenen Steins nicht wie jeder andere Kriminalfall. Obwohl oder gerade weil er längst in Pension war, hätte er die Sache noch gern aufgeklärt. Er hatte erwartet, dass den Steins inzwischen irgendeine Lösung eingefallen wäre. Doch da es keine weiteren neuen Erkenntnisse gab, verabschiedete er sich nach der Tasse Tee schnell wieder und bat darum, ihn doch sofort zu kontaktieren, wenn es etwas Neues gäbe.

„Ach, und eines noch Herr Stein“, bat Sternal schon im Hinausgehen, „mit Ihrem alten Auto fahren Sie besser nicht mehr. Sie wissen ja, die Hauptuntersuchung ist schon etwas länger abgelaufen, das könnte meinen Kollegen sofort auffallen. Und ob der Wagen noch versichert ist, sollten Sie dringend vor der nächsten Fahrt abklären. Machen Sie es gut, wir sehen uns sicher noch, denke ich.“
Kaum wieder allein mit seinen Eltern im Wohnzimmer, überlegte Norman fieberhaft, wie er Tom und Ellen aufheitern könnte. „Habt Ihr vielleicht Lust, in der Stadt etwas essen zu gehen? Es gibt hier wirklich fabelhafte Restaurants.“
Tom fand die Idee gut. „Ja, lass uns das machen! Dann lernen wir auch gleich die Stadt noch etwas besser kennen. Und morgen werden wir dann einen Großeinkauf machen und unseren Kühlschrank auffüllen. Es kann ja nicht schaden, wenn wir uns umsehen und mit dem Neuen vertraut machen, oder Ellen?“

Sie aßen in der Stadt vorzüglich in einem noblen Restaurant, tranken exzellenten Rotwein und plauderten über dieses und jenes. Als es ans Bezahlen ging, erklärte Norman ihnen, dass heutzutage fast alles mit Geldkarte bezahlt würde.
„Einen Nachteil hat diese Geldkarte natürlich. Es wird alles über Dich gespeichert. Was man zahlt, wo man zahlt und wie viel. Die Daten werden verarbeitet und dann bekommt man die darauf zugeschnittene Werbung nach Hause. In den Briefkasten, auf den Rechner und sogar in den Fernseher. Der Vorteil ist, dass man nicht ausgeraubt werden kann. Die Karte kann sofort geortet werden. Aber hauptsächlich wurde das wohl gemacht, um die Schwarzarbeit einzudämmen und mehr Kontrolle über die Bürger zu haben. Vielleicht auch, um illegale Waffenkäufe zu verhindern, das weiß ich nicht so genau. Aber es ist schon sehr komfortabel. Man braucht die Karte nicht mal aus der Tasche zu nehmen. Der Scanner erkennt sie auf bis zu zwei Meter Entfernung und bucht einfach den gewünschten Betrag ab. Ich muss nur auf dem Gerät bestätigen, dass alles seine Richtigkeit hat."
Tom kannte noch etwas Ähnliches aus der Autoindustrie. Man musste sich dem Auto nur nähern und den Schlüssel in der Tasche haben, dann schloss es sich von selber auf.
„Sag mal, Norman, gibt es denn inzwischen diese selbstfahrenden Autos?"
„Ja, schon. Nur keiner will die haben. Es ist viel daran entwickelt worden und sie funktionieren eigentlich ganz gut, aber die einen vertrauen der Technik nicht und für die anderen macht es gerade den Reiz aus, selber zu lenken und zu schalten. Es sind nur ein paar sehr beschäftigte Manager, die solche Autos nutzen. So können sie sogar während der Fahrt arbeiten. Ich könnte mir nicht vorstellen, die Fahrt einem Computer zu über-

lassen, ich möchte auch lieber selber steuern. Ein einziges Mal habe ich es versucht, aber auf meine Arbeit konnte ich mich nicht konzentrieren. Ich habe die ganze Zeit in Panik auf die Straße geschaut."

„Und die Verbrennungsmotoren in Autos – sterben die aus?", hakte Tom nach.

„Naja, es fahren doch noch etliche herum. Die letzten, die gebaut wurden, waren eben qualitativ sehr hochwertig und haben eine lange Lebensdauer. Aber es werden keine neuen mehr produziert, das macht keinen Sinn. Das bisschen Öl, was noch übrig ist, wird zur Herstellung von Kunststoffen gebraucht. Es ist einfach zu schade, das zu verbrennen. Und Elektroautos sind nicht mehr so teuer wie früher. Man hat umgedacht und kommt davon ab, immer mehr Luxus einzubauen. Es gibt viele Modelle mit einfachster Ausstattung – ähnlich wie in den neunzehnhundertsiebziger Jahren. Einfach nur das Nötigste, kleiner, leichter, einfacher. Das können sich auch jüngere Leute leisten."

Und schon wieder war ein Tag vergangen. Die Sonne färbte den Himmel in schöne Lila- und Rottöne und kurz darauf wurde es dunkel. Familie Stein machte es sich erneut in Normans Wohnzimmer gemütlich. Aber etwas war anders als früher: Nicht der Fernseher bestimmte das Abendprogramm, sondern eine ruhige Atmosphäre bei einer guten Tasse Tee. So ließen sie den Abend ausklingen.

Als der Morgen kam, lagen schon die frischen Brötchen vor der Tür. Beim gemeinsamen Frühstück erinnerte Tom sich, warum er in der Nacht eine halbe Stunde wach gelegen hat. Es sah ihm so gar nicht ähnlich, seine Träume zu erzählen, da er sich meistens auch gar nicht daran erinnerte. Aber an diesem Morgen hatte er die ganze Zeit dieses seltsame Gefühl aus der Nacht mitgenommen und wollte den Traum nicht mehr für sich behalten.

„Der Herr Sternal hat mich letzte Nacht verfolgt. Ich saß in meinem Auto und merkte, dass ich etwas nicht richtig gemacht habe. Dann stand plötzlich Herr Sternal in einer eigenartigen Uniform neben meinem Fenster. Ach ja und mein Auto war auch anders als sonst. Der Tacho war komplett digital. Das sah eigentlich ganz gut aus. Tolle Farben grün und blau, so wie ich die Farben noch nie erlebt habe. Aber dieser Polizist an der Seite hat mich geärgert. Der stand da und schaute mir grinsend mit großen Augen ins Fenster, aber ohne etwas zu sagen."

Tom schüttelte bei der Erinnerung daran angewidert den Kopf.

„Und doch wusste ich genau, was er wollte. Meine Hauptuntersuchung war lange abgelaufen und ich hätte mit dem Auto nicht mehr fahren dürfen. Dann habe ich einfach Vollgas gegeben, aber das Auto kam kaum von der Stelle. Ich wollte nur schnell weg, aber diese blöde Karre wollte nicht fahren, nur Schrittgeschwindigkeit. Mir gingen alle möglichen Motorenfehler durch den Kopf. Und der Herr Sternal blieb an meinem Fenster ohne sich zu bewegen, das hat mich so sehr geärgert. Dann ist er auf einmal nach vorne gegangen, vor mein Auto und hat der Motorhaube einen Schubs gegeben, so dass ich mit voller Wucht nach hinten katapultiert wurde. Und dann rückwärts bergauf in die Luft, wie eine Rakete, oder nein, noch viel schneller. Ich wusste überhaupt nicht, wo es hingeht. Plötzlich ging es dann wieder runter, aber so schnell, das war schneller als freier Fall, wie ein Magnet hat es mich nach unten gezogen und dann bin ich aufgewacht. Ein Glück! Aber so schnell bin ich nicht wieder eingeschlafen. Ich war wirklich schon drauf und dran, nach meinem Auto zu sehen. Wollte aber auch nicht aufstehen. Herr Sternal ist ja eigentlich nett, aber irgendwas stimmt nicht mit dem."

Ellen und Norman amüsierten sich über Toms Traum. Norman versuchte, seinen Vater zu beruhigen.

„Herr Sternal ist echt okay. Ich bin sicher, dass er nur helfen möchte. Er hat sich damals auch viel um alles gekümmert. Ich bin ihm wirklich dankbar. Und Du bist sicherlich noch sauer, weil er Euch gestern verhaften wollte", mutmaßte er.

„So, jetzt aber was anderes: Was sollen wir heute Schönes machen? Wenn Ihr möchtet, könnte ich Euch mal meinen Arbeitsplatz zeigen. Ist zwar alles streng geheim, aber da ich selber mehr oder weniger der Chef bin, kann ich Euch reinlassen. Manchmal kommen ja auch Journalisten und möchten über unsere Arbeiten berichten. Da muss man höllisch aufpassen, dass sie nichts durcheinanderbringen. Die wollen immer alles anfassen, schlimmer als kleine Kinder. Ich erzähle aber nur das, was sie für die Öffentlichkeit schreiben sollen, aber noch lange nicht alles, was ich weiß. Ich glaube, Ihr könntet außer meinen zum Schweigen verpflichteten Kollegen und Helfern die Einzigen sein, denen ich mehr verrate als diesen Mediengeiern."

Das ließ Ellen aufhorchen: „Aber deiner Freundin erzählst du doch sicherlich von deiner Arbeit? Sie würde mich sowieso brennend interessierten, also mehr als deine Arbeitsstelle, wenn ich ehrlich bin. Wie ist sie denn so? Können wir sie nicht auch mal kennen lernen? Erzähl doch mal von ihr. Wie heißt sie gleich?“

Erwartungsvoll beugte sich Ellen vor und erhoffte eine genaue Beschreibung und viele Einzelheiten und Fotos, aber Norman hielt sich merkwürdig zurück.

„Ach, die werdet Ihr schon noch früh genug kennen lernen“, sagte er abwinkend. Aber als er Ellens enttäuschten Blick bemerkte, gab er doch ein paar Informationen preis. „Wie gesagt, Birgit ist Genforscherin in Wien. Sie ist in Schweden geboren, hat in London studiert und in Deutschland gewohnt. Ganz schön rumgekommen! Ich habe sie mal zufällig durch Freunde kennengelernt. Obwohl, das mit den Zufällen halte ich für Unsinn“, und schon schweifte Norman wieder ab. „Meiner Meinung nach gibt es keine Zufälle. Alles hat einen Sinn und alles hat eine Ursache. Wenn man seine Gedanken genau beobachtet, erkennt man immer öfter die Zusammenhänge. Wir gestalten unsere Welt selber mit unserem Denken. Es ist tatsächlich so, dass die Gedanken eine Form der Energie sind, die auf andere Menschen einwirken kann. Und so hatte ich die Vorstellung, einen Menschen kennenzulernen, der zu mir passt, aber mir nicht die Freiheit nimmt. Dann kam Birgit und alles war perfekt. Auch wenn wir uns nicht so oft sehen, haben wir eine tiefe innere Verbindung. Manchmal haben wir den Eindruck, dass wir uns telepathisch unterhalten könnten. Wir sitzen beide in Ruhe allein zu Hause, denken aneinander und danach telefonieren wir. Dabei stellt sich oft heraus, dass ich wusste, was sie gerade davor gedacht hat und ihr geht es genauso. Das ist ein tolles Gefühl! Wir lachen uns jedes Mal schlapp und haben viel Spaß. Ich weiß, Ihr könnt Euch das jetzt nicht so einfach vorstellen, aber manchmal haben wir sogar telepathische Träume.“

Norman machte eine Kunstpause und führte dann weiter aus: „Also wir verabreden uns erst und treffen uns dann im Traum, das funktioniert wirklich. Man muss sich vor dem Schlafengehen nur darauf konzentrieren."
Tom hob die Augenbrauen. Für ihn war so etwas unvorstellbar und viel zu abstrakt. Sein Argwohn meldete sich wieder. Ellen aber dachte sofort an die alte Frau, die sie im Traum gesehen hatte. Zu gern hätte sie gewusst, ob es wirklich diese Wahrsagerin war und ob es ein echter Besuch war.
Während sie noch darüber nachdachte, räumte sie den Frühstückstisch ab und brachte die Teller in die Küche. Da entdeckte sie etwas: „Norman? Warum hast Du denn zwei Spülmaschinen?"
Norman lachte laut auf. „Ist doch ganz einfach, dann brauche ich das Geschirr nicht immer in den Schrank zu räumen. Ich nehme immer das saubere aus der einen und räume es danach in die andere bis sie voll ist."
Ellen stimmte amüsiert in sein Lachen ein. „Ach, Norman. Du hast Dich gar nicht verändert. Du hast es Dir schon immer so einfach wie möglich gemacht. Was für eine lustige Idee! Naja, Platz hast Du ja genug. Aber jetzt erklär mir mal, wofür diese Knöpfe am Kühlschrank sind und das Display."
„Ach, Mom! Die Knöpfe sind Schnellwahltasten. Im Display gibt es Rezepte und Vorschläge für die Auswahl an Essen. Ich kann mir aussuchen, was ich die nächsten Tage essen möchte. Das wird dann rechtzeitig geliefert oder eben über die Schnellwahltaste bestellt. Ich muss gestehen, da programmiere ich mir meistens Süßigkeiten. Ich kann das auch so einstellen, dass der Kühlschrank erkennt, was noch vorhanden ist und daraus Rezepte erstellen lassen. Das ist besonders lustig, wenn nur noch Wurst und Marmelade drin stehen."

„Das ist ja verrückt, aber ich hätte so was auch gerne. Hast Du eigentlich auch einen Keller?“
„Ja, aber den zeige ich Euch besser nicht. Da stehen nur ausgemusterte technische Geräte und ein Raum ist mein schwarzes Zimmer. Das habe ich mir zum Meditieren eingerichtet. Darin sind nur ein Kissen und eine Kuscheldecke. Wände, Decke und Fußboden sind komplett schwarz angestrichen. Wenn man dort hineingeht, kann man absolut nichts sehen, wirklich gar nichts. So kann ich total abschalten und zur Ruhe kommen, sogar wenn ich die Augen öffne, werde ich nicht abgelenkt. Ich weiß, das ist etwas seltsam, aber es hilft.“
Tom schüttelte nur den Kopf, als er das hörte und Ellen war auch etwas erstaunt. Aber sie akzeptierte Normans Eigenarten. „Ob ich doch mal da rein darf?“, fragte sie neugierig.
Norman zögerte kurz. Er wusste, dass das erste Mal im schwarzen Raum Angstzustände hervorrufen könnte und er erinnerte sich lebhaft, dass seine Mutter im Dunkeln Angst hatte.
Aber sie gingen zusammen in den Keller und betraten das schwarze Zimmer. Dann schloss Norman die Tür. Ein Fenster gab es dort nicht. Sogar das Schlüsselloch war zugeklebt, damit auch nicht der kleinste Lichtstrahl eindringen konnte. Ellen blieb starr in der Mitte des Zimmers stehen und ihr lief ein eiskalter Schauer den Rücken hinunter. Suchend tastete sie um sich, um herauszufinden, ob Norman in ihrer Nähe war. Er stand etwas weiter am Rand, nicht in Ellens Reichweite. Aber er machte sich bemerkbar, damit seine Mutter keine Angst haben musste.
„Ich bin hier, Mom, bleib einfach dort stehen und lass es auf Dich wirken. Schließ die Augen oder öffne sie, es macht keinen Unterschied. Und dann lass alle Gedanken vorbeiziehen und komme zur Ruhe.“

Norman sprach mit langsamer beruhigender Stimme. Als Ellens erste Angst vorüber war, überkam sie ein unbeschreibliches Gefühl von Sicherheit und Ruhe. Sie atmete tief ein und ganz langsam und lange aus. Dann dachte sie an Norman. So wie sie ihn vor ein paar Tagen noch kannte, als kleinen neunjährigen Jungen, der gerne Fußball spielte und davon träumte, eines Tages Archäologe zu werden. Sie sah ihn in ganz vielen Situationen, wie er lachte, aber auch wie er weinte. Ihre Gefühle gingen mit den Bildern rauf und runter. Es war absolut still in diesem Zimmer.
Plötzlich sagte Norman: „Ich kann dich sehen!“
Ellen riss die Augen auf, aber das änderte nichts, sie sah gar nichts, alles war schwarz.
„Ich sehe Deine Aura. Du leuchtest hell über Deinem Kopf.“
Ellen war versucht, nach oben zu schauen, aber im selben Moment merkte sie, dass das ja Unsinn wäre.
Norman erkannte das. „Streck mal Deinen Arm aus und schau auf Deine Hand, vielleicht siehst Du es auch. Du kannst ganz still halten oder Deine Finger bewegen, es ist egal. Du kannst auch die Augen schließen. Vielleicht klappt es bei Dir mit offenen Augen besser oder mit geschlossenen, beides ist möglich.“
Ellen versuchte es. Nach etwa einer Minute Stille rief sie begeistert: „Ich hab‘ sie gesehen, ich glaube, ich habe wirklich meine Hand gesehen. Das ist unglaublich, ich will das lernen!“
Norman freute sich. „Du wirst es lernen, das weiß ich.“ Dann öffnete er langsam die Tür und gedimmte Lichtstrahlen fingen an, den Raum wieder zu erhellen.
„Wir sollten nicht zu lange hier bleiben. Dad ist sicher nicht so gerne allein da oben.“ Ellen war noch ganz außer sich und schaute im Licht immer wieder erstaunt auf ihre Hand.

Tom hingegen starrte fasziniert auf eine Schaltzentrale, die er hinter einer Klappe neben der Haustür gefunden hatte. Neugierig fragte er Norman direkt, als er die Treppe hinaufkam: „Was sind denn hier noch für Schalter und Lämpchen?"
„Oh, das ist die Steuerung für das gesamte Haus. Da kann ich einstellen, zu welcher Uhrzeit oder bei welcher Dunkelheit die Rollladen schließen, oder wann sich Fenster öffnen sollen und wie lange das Licht vor der Haustür leuchtet und so weiter. Das ist einfach ein moderner Sicherungskasten, der – zugegeben – etwas mehr kann. Ich kann auch von unterwegs schon mal Kaffee kochen lassen, damit er fertig ist, wenn ich nach Hause komme. Und natürlich meldet mir das System jede Bewegung, die rund ums Haus stattfindet. So kann ich überall und immer auf meinem Endgerät sehen, ob es nur der Briefträger ist, der sich meinem Haus nähert oder ein Fremder. Aber so was gibt es schon ewig. Es wird allerdings immer weiter verbessert und verfeinert."
Tom schaute sich weiter um und suchte die Lampe, die er am Abend vorher im Flur gesehen hatte.
„Wo ist denn die Lichtquelle für den Flur? Das hat doch gestern hier so schön geleuchtet."
„Das waren die Stuckleisten. Schau, ich schalte mal an, die sind mit einem leuchtenden Lack bearbeitet. Ist das nicht ein schöner Effekt? Es kann gemütlich gedimmt und auch ganz hell eingestellt werden. Aber man sieht kaum, wo das Licht eigentlich herkommt."
Tom war nicht im Mindesten daran interessiert, was im Keller in dem schwarzen Raum wohl passiert sein mochte, aber diese Technik faszinierte ihn und er steckte Ellen direkt damit an. Da war keine Lampe an der Decke und trotzdem wurde der Flur hell erleuchtet, fast wie vom Sonnenlicht. Auch die Lichtschalter sahen nicht mehr so aus wie sie sie kannten, keine weißen

Kippschalter. Eine kleine polierte Edelstahlplatte an der Wand ließ nur erahnen, dass man damit etwas schalten konnte.
Norman beschrieb die Funktion geduldig: „Man muss nur die Platte berühren oder darüber streichen. Je fester man drückt, umso heller wird es. Aber ich brauche es selten, weil ich alles mit Bewegungsmeldern geschaltet habe. Ich finde das bequemer. In neuen Häusern ist das aber auch schon länger Standard."
Tom war tief beeindruckt. Die Neuerungen gefielen ihm gut. Aber es bangte ihn davor, was Ellen und er sich an Wissen aneignen würden müssen. Und nun wollte Norman ihnen auch noch endlich weitere interessante Aspekte seiner Forschungen näherbringen!
Schon fragte er: „Was meint Ihr? Sollen wir jetzt fahren? Es gibt noch so viel, das ich Euch zeigen möchte. Der Tag wird so schnell vorbei sein. Wir können aber auch gerne vorher noch Dein Auto zu unserem alten Haus bringen. Um diese Uhrzeit sitzen die Polizisten noch in der Wache und machen Frühstück bis Mittag. Es ist so friedlich hier, dass die morgens nicht freiwillig rausfahren", Norman lächelte verständnisvoll.
Tom willigte gern ein. Er holte das alte Auto aus Normans Garage und sie fuhren hintereinander in den Kirschpfad. Dort stellte er den Wagen umgehend in seine Garage.

Ellen war von vornherein bei Norman eingestiegen und er chauffierte sie sicher zum Universitätsgebäude. Am Eingang wurde Norman abermals von den Wachleuten nett begrüßt und auch in Begleitung seiner Eltern nicht aufgehalten.
„Na, dann gehen wir mal direkt in ein Versuchslabor!"
Mit diesen Worten eilte Norman forschen Schrittes durch diverse Gänge. Auf dem Weg musste er mehrmals seine Hand auf Scanner legen, um Türen zu öffnen oder den Lift in Bewegung zu setzen. Der Aufzug rührte sich keinen Millimeter, ehe Norman nicht bestätigt hatte, dass zwei weitere Personen bei ihm waren.
„Der Aufzug hat eine Gewichtserkennung und merkt, dass ich nicht alleine hier drin bin. Wenn ich das nicht autorisiere, fährt er nicht. Das soll verhindern, dass irgendjemand unberechtigt eindringt."
Der Fahrstuhl ruckelte seltsam hin und her. Ellen konnte gar nicht spüren, ob es rauf oder runter ging.
Norman bemerkte ihre Verwirrung und erklärte schnell: „Wir fahren nicht nur runter, sondern auch einen Quergang. Unsere geheimen Labore sind nicht direkt im Keller der Uni, sondern etwas abgelegener. Zum einen reichte der Platz des historischen Gebäudes nicht aus und zum anderen dient es wiederum der Sicherheit."
In diesem Moment öffnete sich die Tür und Norman führte seine Eltern zu einem Raum, der mit einer schweren Stahltür gesichert war.
„Hier braucht man noch eine Chipkarte zum Öffnen, echt altmodisch", sagte Norman lachend.
In dem Raum war zunächst nichts Spektakuläres zu sehen. Tom hatte hochkomplizierte Geräte erwartet, aber er sah nur ein paar Monitore und Tastaturen, weiter hinten verschlossene Schränke, ein paar Gegenstände, die er im ersten Augenblick nicht zuordnen konnte und zwei Kisten aus Metall, die Mikrowellen

ähnelten. Nur an einer Seite fiel ihm ein Rohr auf, das an die Wand angeschlossen war und scheinbar sogar durch sie hindurch ging.
„Hier experimentieren wir viel."
Norman schob seinen Eltern zwei Drehstühle zu und nahm auf einem Hocker dicht daneben Platz. Ellen setzte sich und fragte neugierig: „Was denn zum Beispiel? Was macht Ihr denn hier so Wichtiges? Eigentlich sieht alles ziemlich nichtssagend und langweilig aus."
„Das täuscht!", ereiferte sich Norman.
„Was wir hier machen, ist gar nicht so einfach zu erklären und Ihr werdet das sicherlich kaum glauben können. Aber ich werde versuchen, es Euch zu vermitteln. Hier links", und er deutete auf den Kasten, der bereits Toms Aufmerksamkeit erregt hatte, „das ist ein Sendekasten, so nennen wir den jedenfalls, weil man sich das einfach merken kann. Rechts – das ist der Empfängerkasten. Die beiden Kästen sind mit dem Rohr verbunden. Das vom Sendekasten geht dort durch die Wand nach draußen. Draußen bedeutet hier ‚unter Tage'. Wir befinden uns ungefähr sieben Meter unter der Erde. Das Rohr ist über vier Kilometer lang, läuft in einem großen Kreis und dort wieder rein, zum Empfängerkasten."
Tom und Ellen saßen still auf ihren Stühlen und hörten erwartungsvoll zu.
„In diesen Kästen verändern wir die Form der Energie von Gegenständen. Wir transformieren sie so, dass man sie wie elektrischen Strom durch ein Kabel schicken kann. Das, was jedes normale Telefon mit den Schallwellen macht, das machen wir hier mit festen Gegenständen. Ein Ding wird dort in den Sendekasten gelegt. Dann programmieren wir die Transformationsströme und Koordinaten und schicken das Ganze durch das Rohr zum Empfängerkasten. Ihr könnt Euch nicht vorstellen,

was für ein Jubel hier unten war, als es das erste Mal wirklich funktioniert hat."

Tom hatte die Vorgehensweise noch nicht richtig verstanden oder er wollte es nicht recht glauben und hakte nach: „Moment mal, Du willst mir doch nicht erzählen, dass Ihr Gegenstände quasi pulverisiert und dann in diesem zweiten Kasten wieder zusammen..., äh, ja zusammen, hmm, zusammenschmelzen lasst, oder wie?"

„Nein, ein bisschen anders ist es schon. Die Energie, aus der ein Gegenstand besteht, wird in eine andere Energieform verwandelt, dann in einer bestimmten Geschwindigkeit durch dieses Rohr geleitet und im Empfängerkasten wieder in seine Ursprungsenergieform zurückverändert. Nehmen wir ein einfaches Beispiel: Ein Würfel aus Metall, der größer ist als dieses Rohr, er würde also nicht da durchpassen, den verändern wir so, dass er als reine Energie für uns gar nicht mehr sichtbar ist. Dann wird diese Energie ähnlich wie ein Lichtstrahl durch das Rohr zum zweiten Kasten gesendet und dort wieder zurücktransformiert und der Würfel ist dann wieder als ganzes festes Stück vorhanden. Ich kann Euch das jetzt leider nicht einfach vorführen, die Vorbereitungen dauern Stunden. Es muss penibelst berechnet werden, damit nichts Falsches passieren kann. Undenkbar, wenn man falsche Zahlen eingeben würde und der Würfel irgendwo im Rohr wieder zurücktransformiert wäre, dann hätten wir ein großes Problem."

Tom und Ellen fehlte jegliche Vorstellungskraft für diese Experimente, aber Tom erahnte vielfältige Möglichkeiten der Methodik.

„Habt Ihr das auch schon mal mit Lebewesen gemacht? Mit Mäusen oder so?"

„Ja!", Norman nickte versonnen.

„Aber das ist nicht so einfach realisierbar. Wir haben beantragt, Versuche mit Mäusen zu machen, aber für den Antrag hätten wir alle Prüfmethoden genau preisgeben müssen. Tierversuche sind schon lange verboten, nur in absoluten Ausnahmefällen werden sie noch genehmigt. Die Tiere werden vor den Versuchen genau untersucht und müssen nach den Versuchen wieder gesund abgegeben werden. Wenn etwas schiefläuft und ein Tier stirbt, dann drohen Geldstrafen, die den Tierheimen zu Gute kommen. Früher war das normal, dass sogar für die Kosmetikindustrie Tiere geopfert wurden, aber das ist längst vorbei. Was Lebewesen angeht, sind die Gesetze sehr, sehr streng geworden. Ist ja eigentlich auch richtig so. Eine Maus möchte genauso am Leben bleiben wie ein Mensch. Das oberste Bestreben eines jeden Lebewesens ist es ja, zu überleben. Und das hat der Gesetzgeber ernst genommen und sich ganz oben auf die Fahne geschrieben. Jedes Tier hat seine Daseinsberechtigung, egal ob Mistkäfer oder Elefant. Sogar Mücken."

„Mücken? Wofür sollen die denn gut sein, ich glaube ich käme auch gut ohne die klar", warf Ellen ein.

„Ja, aber ohne Mücken gäbe es vielleicht keinen Kakao. Sie bestäuben die Blüten. Und als Futter für die Vögel und Spinnen sind sie auch noch gut", beharrte Norman.

Tom stocherte weiter.

„Also Ihr beamt einen Würfel von dem Kasten da in den anderen."

„Dad, ich kenne Raumschiff Enterprise. Das war alles Fantasie und Trickfilm. Das hier ist echt! Wir nennen das nicht ‚beamen'. Ich kann nochmal versuchen, es Dir zu verbildlichen. Stell Dir bitte einmal vor, ein Würfel besteht aus Energiewirbeln. Natürlich so klein, dass man sie nicht sichtbar machen kann. Aber mit den Geräten hier lenken wir die Energie in eine einzige Richtung, wir lassen sie nicht mehr kreisen, sondern bringen sie in eine Linie. Vergleichbar mit einer Taschenlampe, die das

Licht im Normalzustand streut. So sieht das Licht aus wie ein großes Gebilde. Aber wenn man es dann wie ein Laser konzentriert, ist es nur noch ein schmales Stäbchen."

Norman blickte seinen Vater intensiv an. Er wollte so gerne, dass er verstand.

„Dann können wir die Energie in eine bestimmte Richtung, also an einen anderen Platz lenken und dort wieder auffangen, um sie in ihre alte Form zurück zu transformieren."

Norman holte tief Luft. „Das Interessante dabei ist, dass die veränderte Energie genau weiß, wie sie vorher aussah, wie sie geformt war, oder anders gesagt, was sie in Form gebracht hat. Wir können aus einem Würfel also nicht einfach eine Kugel entstehen lassen. Die Energie springt wie von selber an ihrem Ankunftsort, wo wir sie wieder bremsen, in ihre Ursprungsform zurück. Anders kann sie nicht! Das hat bis jetzt immer funktioniert in ganz vielen Versuchen."

Norman machte eine bedeutsame Pause.

„Nur ein einziges Mal ist etwas sehr eigenartiges passiert: Mein Programmierer hat sich scheinbar bei einer Zahl vertippt und obwohl er noch ein Kontrollprogramm installiert hat, ist der Fehler nicht aufgefallen, bevor wir das Experiment gestartet haben. Alles war fertig vorbereitet. Aber kurz bevor wir den Sendekasten aktiviert haben, war der Gegenstand schon im Empfängerkasten sichtbar. Stoppen konnten wir den Versuch nicht mehr. Dann war der Sendekasten leer, so wie es geplant war. Aber wie gesagt, im Empfängerkasten war der Gegenstand schon, bevor wir ihn gesendet hatten. Er war sozusagen schneller als die Zeit."

Norman verzog in Erinnerung an das Erlebte das Gesicht.

„Das hat unser gesamtes Konzept durcheinandergebracht. Wir dachten, unser Wissen wäre fast komplett, aber da merkten wir, dass wir noch ganz am Anfang standen. Wir wussten, dass diese umgeleitete Energie, die sich vorher in geordneten Kreisbahnen bewegte und nun von uns geradeaus gezwungen wurde, verdammt schnell sein würde. Wir haben versucht, es zu messen und zu berechnen, aber das war nicht möglich. Alle uns zur Verfügung stehenden Geräte haben kläglich versagt. Es sind Geschwindigkeiten, die weit jenseits der Lichtgeschwindigkeit liegen. Uns wurde bald klar, das Licht langsam ist dagegen. Es handelt sich um ganz andere Dimensionen. Das war so unglaublich für unser Team, dass wir fast Tag und Nacht gearbeitet haben, um neue Ergebnisse zu bekommen. Und dann kam einer auf die Idee, mit der alten Wahrsagerin zu sprechen. Sie hat uns erklärt, dass Gedanken schneller sind als Licht und Strom. Gedanken sind schneller als unsere lineare Zeit vergeht. Nur so kann die Frau in die Zukunft sehen. Sie überholt mit ihren Gedanken die Zeit und lässt die gesehenen Informationen zurückkommen. So in der Art hat sie es uns jedenfalls vereinfacht dargestellt. Das hat für unsere Experimente eine völlig neue Ausgangsposition geschaffen. Es gibt also Energie, die schneller ist, als Zeit vergeht. So war es zu erklären, dass wir den Gegenstand schon vor dem Absenden im Empfängerkasten hatten. Er war schneller gereist als die Zeit.“

Norman schwieg. Tom und Ellen waren sprachlos und hörten fasziniert zu, was er ihnen schilderte.
„Kommt, wir gehen mal in den nächsten Raum, das hier ist nur das Spielzimmer, wie wir es nennen. Gleich werdet Ihr ganz andere Geräte sehen."
Norman öffnete eine weitere schwere Stahltür und führte seine Eltern in einen viel größeren Raum, mit größeren Bildschirmen, Rohren und allerlei Maschinen, für die weder Ellen noch Tom eine Interpretationsmöglichkeit hatten.
In der Mitte des Raumes gab es ein rundes Podest mit einer Glaskuppel darüber. An den Seiten waren viele Tastaturen fest in Tische eingebaut und große Monitore hingen an den Wänden. In der linken Ecke stand ein sehr großer Kasten, fast wie ein kleines Zimmer oder auch wie eine übergroß geratene Telefonzelle. Die Tür war aus durchsichtigem Glas und oben war ein großes Rohr angeschlossen, das bis zur Decke reichte.
Tom und Ellen sahen sich wissbegierig um. Auf der anderen Seite war ebenfalls ein kleiner Raum mit einer Tür, die bis zur Decke reichte. Die Decke war bestimmt an die vier Meter hoch.
Wieder war es Ellen, die sich erkundigte: „Norman, was ist denn das hinter dieser Glastür? So etwas haben wir ja noch nie gesehen."
„Das auf der linken Seite ist ein riesiger Sendekasten. Also das Gleiche wie eben im ersten Raum, nur für viel größere Objekte. Dort auf der rechten Seite ist ein Aufzug hinter der Tür. Wir können gerne mal hinauffahren."
Gespannt folgten sie Norman durch die Tür in den Aufzug, der von innen rund war. Die komplette Wand drehte sich, bis der Eingang verschlossen war. Dann ging es mit atemberaubender Geschwindigkeit nach oben, ein kurzer Ruck, die Wand drehte sich wieder und gab einen Ausgang frei. Sie stiegen aus dem Aufzug und

befanden sich nun in einem großen runden Raum, der ringsum verglast war. Man konnte kilometerweit schauen. Ein phantastischer Ausblick bot sich ihnen. Die Stadt und alle umliegenden Dörfer waren von hier oben zu betrachten. Tom suchte nach Galdorf und dem Kirschpfad.

„Ich glaube, ich kann unser Haus sehen, ganz da hinten", Tom zeigte auf einen Punkt im Westen.

Ellen schaute in Richtung seines ausgestreckten Zeigefingers.

„Ja, stimmt, das muss es sein! Was für ein wunderschönes Panorama! Das ist also der Turm, den man von der Straße aus sehen kann. Ich habe mich schon gefragt, ob man hier überhaupt rein kann. Jetzt fehlt uns nur noch ein Fernglas."

„Kein Problem", feixte Norman und ging zu einer Tastatur, die er auf einer Schiene rundum entlang des Fensters schieben konnte. Er rollte sie zu seinen Eltern und fing an zu tippen.

Plötzlich erschien ein blaues Raster auf den Scheiben. Norman schaute nach, wo das Haus ungefähr lag und tippte weiter. Auf einmal wurde alles größer, was man durch das Raster sehen konnte. Wie ein riesengroßer Bildschirm zoomte sich alles heran. Immer größer und größer. Dann wurde das Haus der Steins sichtbar.

Norman korrigierte noch etwas und justierte das Raster so, dass ihr Haus in der Mitte zu sehen war. Dann zoomte er immer näher heran, so dass sie bis durch die Fenster ins Wohnzimmer sehen konnten, alles gestochen scharf. Wie durch eine überdimensionale Lupe.

Tom erschrak. „Das gibt´s doch gar nicht, das ist ja gespenstisch. Was macht Ihr denn hier? Beobachtet Ihr etwa abends die Leute, schaut Ihr in fremde Schlafzimmer?"

Norman lachte laut auf. „Aber nein, natürlich nicht, Dad! Das ist ein Teil unseres größten Transformers. Ich würde aber sagen, das erkläre ich Euch später."
Norman schaltete das Raster wieder aus und alles war so klein, wie man es ohne Fernglas sehen konnte.
Ellen und Tom warfen einen letzten Blick auf die großartige Aussicht und folgten Norman in den Aufzug.

„Kommt, es gibt noch mehr zu sehen", lockte Norman sie wieder in den großen Raum. Und aufs Neue konfrontierte er sie mit schier unglaublichen Fakten.
„Da links ist also – wie vorhin schon gesagt – der große Sendekasten. Das in der Mitte mit der Glaskuppel – das ist wiederum ein großer Empfänger. Daneben an den Seiten sind Hochgeschwindigkeitskameras, die für nur eine Sekunde aufgenommenes Material so viel Speicherplatz benötigen wie tausend alte Heimcomputer. Man kann sich jede Millisekunde genau ansehen. Wir wollten filmen, wie ein Gegenstand wieder auftaucht. Aber wie wir leider feststellen mussten, waren unsere Geräte der ersten Generation noch zu viel zu langsam, um den Übergang aufnehmen zu können. Jetzt inzwischen sind es viel leistungsfähigere Instrumente. Wir haben uns bereits Mikrosekunden angeschaut und wenn wir nur eine Zehntelsekunde von dem aufgenommenen Filmmaterial prüfen wollten, dauerte es mehrere Stunden. Aber der Übergang konnte trotzdem noch nicht sichtbar gemacht werden." Norman klang enttäuscht.
„In der einen Sekunde ist der Kasten leer und plötzlich in der nächsten ist der Gegenstand da. Wir werden uns wohl in den Nanosekundenbereich vorarbeiten müssen."
Obwohl Ellen kaum etwas von den technischen Details begriff, interessierte sie dennoch: „Wozu macht Ihr das alles? Verfolgt Ihr denn ein bestimmtes Ziel dabei?"
„Nun ja, es könnte vielerlei Nutzen haben. Um angeforderte Forschungsgelder zu rechtfertigen, findet das Ganze unter der Bestrebung statt, Katastrophen vorherzusehen. Allerdings hängen uns auch ein paar Politiker im Nacken, die völlig andere Absichten haben. Aber wir möchten auf gar keinen Fall mit unseren Forschungen militärische Zwecke verfolgen! Und deshalb bekommen die, genauso wie die Presseleute, auch nur einen kleinen

Teil der Wahrheit von uns aufgetischt. Es ist besser, wenn sie nicht wissen, was wir schon alles können, und darum ist strengste Geheimhaltung oberstes Gebot. Ich denke, Ihr versteht, was ich damit sagen möchte. Ich hätte auch Euch eigentlich gar nicht hier reinlassen dürfen."

„Norman, Du kannst Dich auf uns verlassen. Ellen und ich werden alles direkt vergessen, sobald wir durch diese Tür wieder nach draußen gegangen sind", versprach Tom mit einem Zwinkern.

„Aber solange wir noch hier sind, darf ich Dir doch ein paar Fragen stellen, oder? Wie würde das denn funktionieren mit der Katastrophenvorhersage?"

Norman freute sich sichtlich über das aufrichtige Interesse seines Vaters.

„Es klingt wieder mal ziemlich unglaublich, aber wir möchten Aufnahmegeräte, einfacher gesagt Kameras, ins Weltall schicken, um Aufnahmen von der Erde zu machen."

Tom unterbrach. „Das macht man mit Satelliten doch schon seit vielen, vielen Jahren!"

„Ja, schon, lass mich bitte ausreden! Wir machen das eben etwas anders. Wir schicken die Geräte schneller hoch und holen sie auch schneller zurück. Dafür sind unsere Sendekästen zuständig. Wenn wir die Energiewirbel, aus denen die Materie besteht, aus ihrer gewohnten Kreisbahn holen und geradeaus lenken, sind sie unmessbar schnell. So schnell, dass wir sie irgendwo ins Universum schicken und zurückholen. Und das ist das Erstaunlichste dabei: Durch den kleinen Programmierfehler meines Kollegen haben wir herausgefunden, dass die Gegenstände wieder hier sein können, bevor wir sie abgeschickt haben. Sie sind also ihrer Zeit voraus. Und so können wir Aufnahmen machen, von Dingen, die noch nicht geschehen sind."

Tom bemühte sich, diese unglaubliche Entwicklung zu realisieren. Immer wieder musste er sich vergegenwärtigen, dass immerhin zwanzig Jahre vergangen waren.
„Dass der Fortschritt sich beschleunigen würde, war mir klar, aber, dass es so rasant in so ungewöhnliche Technologien geht, das hätte ich nie gedacht."
Ellen saß stumm zwischen den beiden und dachte ebenfalls an Norman als kleinen Jungen. Er war ja immer schon neugierig gewesen und hatte alles hinterfragt, ungewöhnliche Ideen gehabt und wollte die unmöglichsten Sachen bauen, erinnerte sich Ellen. Aber dass er eines Tages solche Geräte bedienen würde, hätte sie nie geglaubt.
Plötzlich fiel ihr der Traum mit der Wahrsagerin wieder ein. „Norman, Du hast doch mit dieser Wahrsagerin darüber gesprochen. Was hat sie noch gesagt? Ich glaube, ich fange langsam an, die Zusammenhänge zu begreifen."
„Ja, das Interessante ist, dass sie es so ähnlich macht wie unsere Maschinen. Sie lenkt ihre Gedankenenergie einfach geradeaus. Die Energie der Gedanken ist schneller als die linear verlaufende Zeit, wie wir sie kennen. Ein Gedanke ist so schnell, dass er ohne Verzögerung im ganzen Weltall vorhanden sein könnte. Wenn wir Messgeräte dafür hätten und sie Milliarden von Lichtjahren entfernt aufstellen würden, um einen Gedanken zu empfangen, dann wäre er sofort dort."
Für Tom und Ellen war alles so neu. Mit solch einer Materie hatten sie sich vorher ja noch nie befasst. „Junge, weißt Du, was ich glaube?", entfuhr es Tom, „ich glaube, es ist jetzt an der Zeit, es wird wirklich, wirklich Zeit ... dass wir etwas essen, ich habe Hunger!"

Alle drei lachten befreit auf. Sie hatten insgeheim mit einer Frage gerechnet, die Norman nicht beantworten könnte.
„Ich auch, Bärenhunger“, rief Ellen.
Norman machte bereitwillig einen Vorschlag: „Zu mir oder ins Restaurant? Also ich würde mich heute ganz gerne bedienen lassen.“
Tom und Ellen nickten zustimmend. Sie gingen hinaus und Norman schloss die große Stahltür sorgfältig. „Hier dürfen nur ein paar ausgewählte Mitarbeiter hinein“, betonte er erneut. „Unbefugte könnten ziemliches Unheil anrichten. Nicht mal eine Putzfrau hat Zugang.“
Er hatte seinen Satz kaum beendet, da ertönte laut eine Sirene und rote Lampen blinkten an der Decke.
Tom und Ellen erschraken sehr und befürchteten schon das Schlimmste. Feuer und alle möglichen Horrorszenarien gingen ihnen blitzartig durch den Kopf. Norman aber blieb seltsam gelassen.
„Ich muss vergessen haben, den Aufzug auszuschalten. Ich gehe nochmal schnell rein und erledige das.“
Sirene und Warnlampen erloschen augenblicklich. Es war beklemmend still.
Im Handumdrehen kam Norman lächelnd zurück.
„Da habt Ihr den Beweis, dass hier alles sehr gut abgesichert ist.“
„Das hätte ich Dir auch so abgenommen.“ Ellen war erleichtert und atmete hörbar aus.
Auf dem Weg nach draußen wurden sie von einer Sekretärin gesehen, die daraufhin sofort aus ihrem Zimmer rannte und Norman hinterherrief: „Halt, Herr Stein, warten Sie bitte! Ein Herr Stracken hat mehrfach angerufen und gefragt, wann Sie wieder arbeiten würden?“
„Ach, der! Sagen Sie ihm bitte, dass er erst nach den Ferien kommen kann. Danke, Tina.“ Die Frau verschwand zufrieden wieder in ihrem Büro.

„Das ist so ein Schnüffler, ein Pressemensch, der angeblich eine wissenschaftliche Abhandlung schreiben möchte. Ich glaube, in Wirklichkeit spioniert er für irgendeinen Geheimdienst. Den werde ich so lange hinhalten, wie es nur geht. Aber genug davon. Jetzt überlege ich lieber, was ich gleich essen möchte. Und nach dem Essen können wir ja zusammen den großen Einkauf machen und die Sachen nach Hause bringen."

Die Steins fuhren in ein behagliches Restaurant und aßen in Ruhe zu Mittag.

Danach zeigte Norman seinen Eltern das große Kaufhaus, in dem es fast alles gab, was man tagtäglich so brauchte. Der Kofferraum des Autos wurde mit Lebensmitteln und anderen Vorräten vollgepackt.

Auf dem Weg nach Galdorf erhaschte Tom einen kurzen Blick auf den Turm, auf dem sie noch vor Kurzem gestanden und die Zoomfunktion bestaunt hatten.
„Sag mal, Norman, dieser Turm mit den Fenstern rundum ... Du hast von dem größten Transformer gesprochen. Was könnt Ihr damit machen? Wozu ein Turm? Hat das vielleicht etwas mit Spionage zu tun?"
„Nein, nein. Wir verabscheuen Spionage! Es geht nur darum, große Gegenstände zu senden. Wir haben Versuche angestellt, um Gegenstände von einem Ort an einen anderen zu senden. Und das, ohne an den Sendekasten gebunden zu sein. So haben wir ein Ziel in der Gegend ausgesucht und dort etwas platziert, um es dann im Labor wieder zu empfangen."
„Und hat es funktioniert?"
„Ja, das ging tatsächlich. Nur bei den ersten Versuchen waren die Koordinaten nicht genau genug eingestellt und plötzlich hatten wir etwas anderes im Empfängerkasten, als wir dort zum Senden platziert hatten. Deshalb haben wir die sehr genaue Zoomfunktion einbauen lassen und alle Geräte noch besser ausgerichtet. Jetzt ist es möglich, ein Streichholz auf einer Wiese zu finden, ohne Abweichung. Ohne dass wir auf einmal Grashalme ungewollt mitnehmen. Wir können nahezu jeden Gegenstand, der in der Sichtweite unserer Geräte ist, anpeilen und an eine andere Stelle senden."
Tom bohrte nach: „Und da ist noch nie etwas so richtig schief gelaufen? Also, dass etwas an einer völlig falschen Stelle ankam oder hinterher nicht mehr ganz war oder etwas Ähnliches?"
„Nachdem uns das einmal passiert ist, dass ein Gegenstand zu früh ankam, haben wir alle Vorsichtsmaßnahmen verdoppelt. Alle Daten werden zwei Mal kontrolliert. Und wir haben auch schon extra Fehler eingebaut, um zu testen, ob die Kontrollfunktion den

Fehler erkennt. Dann haben wir das Experiment nachgestellt und mehrmals wiederholt. Es ist immer so abgelaufen wie beim ersten Mal. Dann haben wir mit den Zahlen gespielt und den Gegenstand noch früher ankommen lassen. Das hat auch geklappt."

Ellen unterbrach die zwei: „Wir sind ja schon fast da. Mir fällt jetzt erst so richtig auf, wie sehr sich unsere Straße verändert hat. Wir werden viel neu kennenlernen müssen. Ob noch jemand von den Leuten von früher hier wohnt?"

„Das weiß ich nicht", gab Norman zu. „Der Wandel in den letzten zwanzig Jahren war schon gewaltig, auch hier im Kirschpfad." Norman parkte in der Einfahrt.

„Ich helfe Euch noch die Sachen reinzutragen und dann lasse ich Euch mal etwas alleine. Richtet Euch nur in Ruhe wieder ein."

Es war später Nachmittag und als das Auto schließlich leergeräumt war, blieb Norman an der Haustür stehen. „Mom, Dad, ich werde jetzt mal alleine in mein Haus fahren. Macht es Euch gemütlich. Wir sehen uns ja bald wieder."

„Na, das will ich doch hoffen!", antwortete Ellen besorgt lächelnd. „Mach´s gut, mein Junge, wir können ja nachher noch mal telefonieren."

„Okay, bis später dann!" Mit diesen Worten stieg Norman in sein Auto, winkte ihnen noch einmal kurz zu und fuhr wieder zur Uni anstatt nach Hause.

Seine Sekretärin wollte gerade Feierabend machen. „Herr Stein, doch wieder hier, brauchen Sie mich noch?"

„Nein, nein, gehen Sie nur. Aber ich werde noch ein bisschen arbeiten. Sie wissen doch, dass ich es ohne mein Labor nicht lange aushalte."

Tina lachte auf und verabschiedete sich. Norman ging in sein Büro.

Währenddessen räumten Tom und Ellen in ihrem Haus noch ein paar Sachen auf und setzten sich dann ins Wohnzimmer. Tom betrachtete nachdenklich den Fernseher. „Was meinst Du, Ellen, sollen wir es wagen und ein bisschen fernsehen?“
Ellen nickte langsam. „Ja, ich denke, wir sollten uns allmählich ruhig etwas über das öffentliche Leben informieren, das kann ja keinesfalls schaden.“
Entschlossen schaltete Tom den Fernseher ein. „Ach, schade, da geht gar kein Programm mehr. Sicher ist die Schüssel verdreht.“
„Nein, Tom, das glaube ich nicht. Ich denke eher, dass unser Fernseher total veraltet ist und seine Technik gar nicht mehr unterstützt wird. Es gibt bestimmt ganz neue Dienste oder neue Satelliten. Norman hatte doch so etwas erwähnt.“
Tom seufzte. „Ach ja, das stimmt, das kann sein. Na, dann bleibt der Kasten eben aus. Ist auch gut. Ich nehme mir mein Buch, das ich ja eigentlich erst vor ein paar Tagen angefangen habe. Ich weiß noch, dass es mir beim Einschlafen aus der Hand gefallen war und ich hatte es einfach neben dem Sofa liegen gelassen. Als wir wieder herkamen, stand es im Regal bei den anderen Büchern. Wahrscheinlich hat Norman es zurückgestellt.“
„Vielleicht hat er es ja sogar gelesen. Wie heißt es denn? Weißt Du noch, ob es spannend ist?“
„Nicht unbedingt spannend. Es ist ein sehr eigenartiges Buch. Chaos, Leben, Glück, heißt es. Es geht um alles Mögliche, zum Beispiel Telepathie, Intuition und solche Sachen.“
„Tom, so was liest du? Das ist mir neu. Wo hast du es denn her?“
„Das habe ich schon länger. Das lag in unserem Auto, als wir es gekauft haben. Hat sicher der Vorbesitzer ver-

gessen, das war doch so ein eigenartiger Typ, erinnerst Du Dich?“
Ellen musste lachen. „Was für ein Typ? Nein, ich weiß das nicht mehr, das ist zu lange her. Den Wagen haben wir ja doch schon paar Jahre.“
„Stimmt. Und das Buch stand seitdem hier im Regal und letztens habe ich es zufällig in die Hand genommen. Ich war neugierig und es scheint ganz gut zu sein. Aber Du hast Recht: Norman könnte es gelesen haben. Also ich lege mich jetzt auf's Sofa und lese weiter.“
„Und ich leg mich dazu. Ich bin irgendwie ganz schön erledigt, ich weiß gar nicht, wovon.“
Es dauerte nicht lange, da waren Tom und Ellen eingeschlafen. Die Straße war ruhig, im Haus war alles still. Früher hörte man hier oft Kinder draußen spielen. Es schien, als wären sie nun alle erwachsen und wohnten woanders. Nicht einmal das Ticken einer Uhr war zu vernehmen. Absolute Stille. Die Abendsonne schien ihnen ins Gesicht, aber sie schliefen in tiefe Träume versunken weiter.

Jäh wurden Tom und Ellen vom Klingeln an der Tür aus ihrem Schlaf gerissen. Gleichzeitig stocherte jemand im Türschloss herum und plötzlich ging die Tür auf.
Tom und Ellen sprangen auf und saßen starr vor Schreck auf dem Sofa. Sie fassten sich bei den Händen und wagten nicht zu atmen.
Eine helle Kinderstimme rief: „Mom, Dad, bin wieder daaa! Tschuldigung, dass ich zu spät bin, wir haben total die Zeit vergessen beim Fußballspielen."
Da sprang Ellen auf und rannte so schnell sie nur konnte in den Hausflur und schrie: „Norman, Norman, mein Junge!"
Tom eilte sofort hinterher und konnte es nicht fassen.
Und dann drückten beide ihren neunjährigen Sohn so fest an sich, dass er kaum noch Luft bekam.
„Norman, mein lieber kleiner Junge! Du bist wieder da!"
Ellen schluchzte auf und auch Tom konnte seine Tränen nicht zurückhalten.
Norman war ganz verwirrt. „Mom, Dad, was ist denn mit Euch los? Ihr erdrückt mich noch! Ihr tut ja gerade so, als wäre ich zwanzig Jahre lang weg gewesen."

Als sich alle wieder etwas beruhigt hatten, fiel Tom etwas ein. Hektisch suchte er nach seinem Autoschlüssel. Ellen und Norman waren fest aneinandergeklammert und sahen ihn mit großen Augen an, fragten aber nicht.
Als Tom den Schlüssel gefunden hatte, eilte er zum Auto, riss das Handschuhfach auf und wühlte alles heraus, weil er die Visitenkarte von dem Autosammler finden wollte. Sie war tatsächlich noch da!
Eine Mobilfunknummer stand darauf. Tom rief sofort an. Freizeichen. Die Nummer musste existieren.
Aufgeregt trat Tom von einem Bein aufs andere. Was würde ihn wohl erwarten?
Die Stimme eines jungen Mannes meldete sich mit einem fragenden: „Hallo?"
Tom sagte höflich: „Guten Tag, Entschuldigung, möchten Sie mein Auto noch kaufen?"
„Was denn für ein Auto? Woher haben Sie überhaupt meine Telefonnummer, die habe ich doch erst seit gestern? Nicht mal meine engsten Freunde kennen sie. Sie wollen sicherlich den früheren Teilnehmer mit dieser Nummer sprechen."
Tom verneinte und beschrieb dem jungen Mann sein Auto, nannte Modell und Baujahr.
„Wow!", entfuhr es dem jungen Mann. „Das ist tatsächlich mein Traumauto! Aber ich bin ja erst im zweiten Ausbildungsjahr, so einen tollen Wagen kann ich mir noch gar nicht leisten. Ich schätze, da müssen Sie mich in zwanzig Jahren nochmal anrufen, dann klappt das bestimmt."